脚本／伊東 忍
ノベライズ／白戸ふみか

Re:リベンジ
—欲望の果てに—
（下）

扶桑社文庫
0817

本書はドラマ『Re:リベンジ―欲望の果てに―』のシナリオをもとに小説化したものです。

小説化にあたり、内容には若干の変更と創作が加えられておりますことをご了承ください。

なお、この物語はフィクションであり、実在の人物・団体とは無関係です。

7

手術室には、心電図アラームが鳴り響いていた。その音が、さらに執刀医の岡田千尋《おかだちひろ》を追い詰める。

「バイタル53に低下」

「セルセーバーで血液戻して」

バイタルが危険水域にあると、看護師が声を上げたのを聞き、岡田は指示を出す。セルセーバーとは、出血した血液を再び体に戻す回収式自己血輸血システムのことだ。

「出血一〇〇〇超えました！」

「先生、これ以上止血に時間がかかるようだと」

第一助手の若林雄一《わかばやしゆういち》が声をかけた。岡田は動きを止め、考え込んだ。

「……電メス」

岡田の指示に、手術室内は一瞬、シンと静まり返った。先ほど出血があったのも、電気メスを使っていたときだ。

「早く。生食《せいしょく》入れて」

声を上げる岡田に、看護師が電気メスを渡した。若林も生理食塩水を用意した。全員がオペに集中する。

そして岡田は再び朝比奈美咲《あさひなみさき》の胸部に電気メスを入れた。

「SAT《サット》、下がってきてます」

「出血による低下です。赤2単位もっと持ってきて」

SATとは血液中の酸素濃度のことで、赤とは輸血のことだ。岡田の指示を受けた看護師が輸血を取りに急いで手術室を出る。その様子を、手術室前で待つ陽月が不安そうに見つめていた。


会議室のモニターには手術の様子が映し出されていた。医師ではない理事長の天堂海斗《てんどうかいと》にも、手術室の焦りが伝わってくる。

「今すぐオペを中止すべきだ」

心臓血管外科医の大友郁弥《おおともふみや》が立ち上がり、胸ぐらをつかむ勢いで海斗に近づいてきた。

「これ以上は患者の心臓が耐えられない。私が指示を出します」

郁弥は会議室を出ていこうとした。

「待ちなさい」

小児科医の小笠原哲也《おがさわらてつや》の声に、一同は再びモニターを見た。

心電図アラームが停止した。

「出血止まりました」

若林が言うと、岡田は時間を確認した。

「グラフト採取を再開します。ハーモニック」

岡田は助手からハーモニックを受け取った。ハーモニックは超音波凝固切開装置だ。超音波振動によって発生する摩擦熱を利用して、凝固止血切開を行った後、岡田はピンセットを使って血管をガーゼで包んだ。

「グラフト採取完了です。バイパス手術を続行します」

手術は再開され、無事に終了した。

手術成功だ。


会議室にも、安堵《あんど》の空気が漂った。

「一時はどうなることかと思ったが、プロジェクトは今日、その第一歩を踏み出した。おめでとうございます」

小笠原は海斗に右手を差し出した。

「ありがとうございます」

二人はがっちりと握手をして、充足感に満ちた表情でお互いを讃え合った。

手術室の扉が開き、岡田が出てきた。お守りを握りしめていた朝比奈陽月《あさひなひづき》は顔を上げた。

「先生、美咲は」

「予定より時間がかかってしまいましたが、手術は成功です」

岡田が笑みを浮かべた。

「グラフトの縫合も無事終了し、血流も良好。ですので、もう心配いりませんよ」

「ありがとうございます。ありがとうございます」

陽月は何度も礼を言い、去っていく岡田の背中に頭を下げ続けた。

「陽月」

「……海斗」

名前を呼ばれて顔を上げると、海斗がいた。

「おめでとう、頑張ったね。美咲ちゃんも、陽月も」

「ありがとう。私、もう……」

涙が溢れてきて、言葉が続かない。

「よかった」

海斗は陽月を優しく抱きしめた。陽月も抱きしめ返し、海斗の温かい胸で涙を流した。

＊

数日後、海斗は天堂記念病院の会長であり、祖父の天堂皇一郎《てんどうこういちろう》と高級中華料理店で食事をしていた。皇一郎のそばには、いつものように皇一郎の秘書、永田綾乃《ながたあやの》も控えている。

「お前もどうだ?」

皇一郎が酒を勧めてきた。

「まだ仕事が残っておりますので」

「一杯くらいいいだろう。祝杯だ」

「では、いただきます」

皇一郎に酒を注がれ、海斗はグラスに口をつけた。

「今回の手術が成功したことで、プロジェクトにも箔が付くな」

「すでになじみの記者に第一報を書かせており、それを見たマスコミ各社からも問い合わせが殺到してます」

「まさに捲土重来《けんどちょうらい》。天堂記念病院自体のブランド価値もこれから一気に跳ね上がる」

「この機を逃さず、記者会見を行うつもりです」

「ほう」

皇一郎は感心したような口ぶりで海斗を見た。

「その場で、心臓血管外科プロジェクト始動を大々的に発表いたします。岡田先生にもプロジェクトのリーダーとしてご登壇いただこうかと」

「大友先生の処遇はどうする」

郁弥の名前を出され、海斗は一瞬黙った。

「……しかるべき対応をいたします」

郁弥については、考えていることがある。

「いいだろう。プロジェクトはおまえに任せるという約束だ」

「ありがとうございます」

「ちなみに、なじみの記者というのは女か?」

上目遣いで海斗を見ている皇一郎に、海斗は「はい」と頷《うなず》いた。

「せいぜいうまく乗りこなすことだ。いつの世も権力者を惑わすのは女と相場は決まっておる」

「ご忠告ありがとうございます」

海斗は残りの酒を一気に呷《あお》った。


『週刊文潮』の記者、木下紗耶《きのしたさや》は自席のパソコンで、天堂記念病院での美咲の手術に関するネットニュースを見ていた。独占取材をした紗耶の名前も掲載されている。

「一族経営の闇に巻き込まれながらも、プロジェクトを成功に導いた若き理事長……か。アイツも出世したな」

編集長の藪田大介《やぶただいすけ》が、通りがかりにパソコン画面をのぞき込む。「ですね」と返しつつも紗耶が複雑な気持ちでいると、スマホが鳴った。『天堂海斗』と出ている。

『記事ありがとう。予想以上の反響だったよ』

「こちらこそ独占で書かせてもらっちゃって」

『ああ』

「でもほんとよかったです、手術が無事成功して」

『ありがとう』

「……陽月さんも喜んでました？」

さりげなく聞いたつもりだが、少し間が空いてしまった。

『……ああ、そうだな』

海斗の返事も、ためらっているように聞こえる。

「先輩……今度、時間もらえます？　二人で会えませんか？」

紗耶の言葉に、海斗は一瞬考え込んだ。

『ああ。わかった』

「ありがとうございます！」

『じゃあ』

そう言って海斗は電話を切った。

美咲は天堂記念病院のＶＩＰ室で眠っていた。

「美咲」

陽月は、うっすらと目を開けた美咲に声をかけた。

「お姉ちゃん？」

美咲は管に繋がれた自分の体を確認している。

「手術、成功したよ。これから少しずつリハビリしていけば、夏休み前には学校に行けるようになると思う」

美咲の様子を見に来ていた若林が優しい表情で言った。

「ほんとに?」

学校に行くのは、美咲の一番の願いだ。

「うん。よく頑張ったね」

陽月は美咲の頭を撫でた。

「……うん」

「今年こそ見に行こうね、花火」

二人は心から嬉しそうにほほ笑み合った。

「では」と、若林が病室を出ていった。

「あ、若林先生」

陽月も立ち上がり、廊下に出た。

「岡田先生は今どちらに?」

「今回の手術記録の作成に少し時間がかかってるようでして」

「そうですか」

「しばらくは私が美咲ちゃんを担当します。美咲ちゃんの意識が戻ったことはちゃんと伝えておきますから」

「わかりました」

「朝比奈さん、本当によかったですね」

若林に言われ、陽月は心から「ありがとうございます」と、礼を言った。


「岡田先生、少しよろしいですか?」

郁弥は廊下を歩いている岡田を呼び止めた。

「すみませんが、理事長に呼ばれておりますので」

岡田は早足で歩き続けたが、郁弥はかまわず続ける。

「朝比奈美咲のオペに関して、質問させてください」

「なんでしょう?」

岡田は立ち止まり、怪訝《けげん》な表情で答えた。

「止血に時間がかかったにもかかわらず、なぜオペを強行したんですか?」

郁弥はずっと疑問に思っていた。「いったん中止するという選択肢もあったはずでは？」

「……私のオペに不満があると？」

岡田は明らかに、腹を立てている。

「見解をお聞きしたいだけです」

「ではあなたは、オペを中止し患者の体力の回復を待っている間に病状が悪化し、取り返しのつかない状態になったとしたら、責任取れるんですか？」

「本当にそれだけですか？」

「はい？」

立ち去ろうとしていた岡田が、ため息をつきながら振り返る。

「ほかに手術を急ぐ理由があったのでは？」

郁弥の言葉に、一瞬、岡田の目が泳いだ。

「近々、国際メディカルセンターでも同様のケースの手術が行われると聞きました。後れを取ってしまえば評価されることもない。だからこそ、手術を強行する必要があった。違いますか？」

畳みかけると、岡田はしばらく考え込んだ。

「私は執刀医として、あの日最適な判断を下した。その結果、患者を救うことができた。

これ以上、何を望むことがあるんでしょう。これから先、プロジェクトの責任者は私です。あなたはもう関係ないのでは？」

強い口調で問い返され、今度は郁弥が黙り込んだ。

「部外者が口を挟まないでください」

岡田は理事長室に続く廊下を歩いていった。


海斗は理事長室で、岡田と話していた。

「記者会見ですが、今週の金曜日に決まりました。こちらがスケジュールです。岡田先生もぜひご登壇お願いします」

海斗はソファに座っている岡田に言った。

「これでプロジェクトもますます注目を浴びるでしょうね」

「手術を成功に導いた岡田先生のおかげです」

「先ほど大友先生から、今回の手術に関して質問を受けました」

「大友先生が？」

その名前を聞くと、どうしても顔がこわばってしまう。

「手術自体に問題なかったため取り合いませんでしたが、ご不満がおありのようで。何かあの患者に思い入れがあるのでしょうか」

「また彼が妙な動きを見せたら報告してください」

海斗は岡田の質問には答えず、ただそれだけ言った。

「承知しました」

岡田は短く頷き、失礼します、と理事長室を出ていった。


陽月は美咲の熱を測っていた。ピピッと音が鳴ったので見てみると、37度2分ある。

陽月は体温計を凝視した。

「熱、あるの?」

美咲が不安げに尋ねてくる。

「うん、少しね。今日はもう休もう?」

陽月はなるべく明るい調子で言い、テーブルの上に広げてある教科書やノートを片付け始めた。

「でも宿題やらなきゃ」

「熱あるんだから、休まなきゃダメだよ……何これ?」

陽月はふと見慣れぬノートを見つけ、手に取った。

「それはダメ！」

美咲が慌てて陽月の手から取り上げた。

「失礼します」

声がしたので陽月が振り返ると、郁弥が立っていた。

「大友先生」

こんな時間にどうしたのかと、陽月は驚きの声を上げた。

「胸の音、聞かせてもらっていい？」

「えっ？　でも……」

「念のためです」

郁弥は言い、頷く美咲のそばに腰を下ろした。

「傷口は？　痛くない？」

「ううん、痛くない」

「ほんと？」

美咲に尋ねながら、郁弥は診察を始めようとした。すると、病室の入り口から声がした。

「大友先生。何をされているんですか」

海斗がものすごい形相で入ってきた。

海斗は郁弥を連れて美咲の病室を出た。そして、講堂で話すことにした。

「担当医に断りもせず診察をしたら患者は混乱します。勝手な真似は慎んでいただきたい！」

海斗に強い口調で責められても、郁弥は何も言わない。

「一つ、良い話をお持ちしました」

海斗は前置きをし「明日からしばらく休暇を取ってください」と、告げた。郁弥は怪訝そうに眉をひそめた。

「この病院に赴任してきてからずっと、働き詰めだったでしょう」

「どうしても私をプロジェクトから遠ざけたいようですね」

「そういう意味ではありません。医師の労働環境の改善は、我々にとっても急務ですので」

「今回、たしかに手術は成功しました。今現在、患者の容体も落ち着いています。しかし、リスクがあったことに変わりはない。今後もあのような高難度の手術が続くなら、それに対応し得る人材はチームに入れておくべきでしょう」

「自分がその、対応し得る人材であると」

海斗は皮肉を込めて言った。

「病院の未来のため、事実をお伝えしているだけです」

「何が病院の未来ですか！」

海斗は苛立ちを隠せずに声を荒らげた。郁弥は無言で海斗の顔を見ている。

「悔しいだけでしょう？」

さらに挑発するように言ったが、郁弥は何も言わない。

「理事長の座を私に奪われ、プロジェクトからも外された。自分がいなくても手術は成功し、陽月を失い……、今のあなたには何もない。あなたは医者の立場ではなく、一個人として嫉妬心を抱いているんですよ。私情の混じった人間の意見ほど参考にならないものはありません」

今の海斗には、郁弥の存在など怖くはない。ただ不快なだけだ。

「あなたはどうなんですか」

郁弥が問い返してきた。「私をプロジェクトから遠ざけるのは、感情を排した合理的判断のうえですか？　本音で話していないのは、どちらでしょうか」

もはや海斗は、郁弥と本音で話す必要性を感じていない。「ゆっくりと羽を伸ばしてきてください」

ただ言いたいのはそれだけだ。海斗は講堂から立ち去った。

理事長室に戻った海斗は、秘書の高村実《たかむらみのる》に郁弥の件を話した。

「休暇ですか」

「大友先生にも休暇は必要です」

「ではプロジェクトは」

「もちろん、引き続き岡田先生と共に進めていきますよ」

海斗が言うと、高村は口を噤《つぐ》んだ。様子がおかしい。

「私は反対です。プロジェクトは、海斗くんと大友先生のお二人が中心となって進めていくべきです」

高村はきっぱりと言った。

「それは、父の願いだったから、ですか?」

「……あのプロジェクトは海斗くんのビジョンと情熱、そして大友先生のたしかな技術が一つとなって初めて完成するのではないでしょうか」

あくまでも郁弥のことは認めたくない。認める気はない。「たしかにあのプロジェクトを立ち上げたのは父です。ただ、今進めているのは私です。会見の準備を進めてください。高村さん、お願いします」

何か言おうとした高村の目を見つめ、海斗は言った。

「……承知しました」

どこか諦めたような笑顔で、高村は頷いた。


陽月は眠っている美咲の熱を測った。やはり発熱が続いている。不安な気持ちでいるところに、海斗が入ってきた。

「海斗」

「術後の発熱は珍しいことじゃない」

海斗に言われ、陽月は頷いた。

「心配ない。すぐに良くなるよ」

「岡田先生って忙しいのかな」

陽月は、心に引っかかっていたことを口にした。

「えっ？」

「手術が終わってから、ほとんど診てもらえてなくて。もう少し、顔だけでも見せてくれたら安心できるんだけど」

「わかった。岡田先生に診てもらえるように伝えておく」

「ほんと？　ありがとう」

海斗が寄り添ってくれたことが嬉しくて、陽月はようやく笑うことができた。海斗もほほ笑んでいる。陽月はテーブルの上に置いてあるノートを手に取った。

「何？」

尋ねてくる海斗を「しっ」と制して、陽月はノートを開いた。

「こっそりね、書いてたみたいで」

ページをめくると、〝元気になったらやりたいこと〟が絵と一緒にいくつも書かれている。

その中の一つに、〝花火をお姉ちゃんと見る〟とある。陽月は美咲の寝顔を見つめた。

「今までもね、ずっと言ってはいたの。元気になったら、絶対花火見に行こうねって。でも、それはなんていうか、美咲を励ますためでさ」

「うん」

「でも今は、本当に、行こうねって。それが嬉しくて……」

今年の夏には実現するかもしれない。陽月は希望を持っていた。

「本当にありがとう」

「陽月の力に少しでもなれたならよかったよ。きっと、親父も喜んでくれてる」

「うん」

二人はそっと病室を出た。

「明日の会見が終わったら、どっかご飯でも行かない？」

「えっ？」

予想外の言葉に、陽月は目を見開いた。

「看護が長期戦だってことは陽月が一番よくわかってるだろ？　陽月が倒れたら元も子もないんだから」

海斗の言葉に、胸がいっぱいになる。

「そっか……そうだね」

「どこがいい？」

「いつもの居酒屋、行きたい」

陽月は笑った。結局は五十嵐《いがらし》の店しか思い浮かばない。でも、二人にとっては大切な場所だ。

「いいね」

並んで廊下を歩く二人の間に、親密な空気が流れた。


「失礼します。お疲れさまです」

岡田が自室で論文を執筆していると、若林が入ってきた。

「お疲れさまです」

「朝比奈美咲さんですが、無事、胸腔ドレーンも外れました」

若林が報告した。

「経過は良好ということですね」

「ええ、ただ……」

若林が顔を曇らせた。

「どうかしましたか？」

「こちらを見ていただけますか？」

若林が渡してきたのは、美咲の肺のレントゲン写真だ。

「ドレーンを止めた際に撮影したレントゲンです」

岡田は自分の顔がこわばるのを感じた。

「わずかですが、左肺が落ちているように見えませんか？」

「……これは、ポータブルで？」

「はい。座位で撮影しました」

「だったら、その誤差でしょう」

岡田は自分に言い聞かせるように言った。

「ですが、念のため精密検査をしたほうが」

食い下がる若林に、岡田はため息をついた。

「わかりました。後で詳しく見ておきますので」

もう時間も遅い。一刻も早く論文を仕上げたいと思っていると、スマホが鳴った。『天堂海斗』と表示されている。

「よろしいですか？」

若林に尋ね、電話に出た。

「……はい。よろしくお願いします。失礼します」

若林はためらいながらも部屋を出ていった。

「はい、お疲れさまです」

海斗は論文がいつまでかかりそうかと尋ねてくる。

「ええ、問題ありません。記者会見までにはまとめ終わるかと。ええ……」

岡田は海斗と電話しながらパソコンに向かった。

病院から出ていこうとする郁弥を、海斗が二階の廊下から見下ろしている。勝ち誇ったような笑みを浮かべ、海斗は歩きだした。

＊

翌日、院内の会見場では、準備が続いていた。開始時間はまだ先だが、何人かの記者たちが到着し、場所を取っている。

「すごい数の報道陣が来てますよ、さすがですね」

紗耶は部屋の一角で、海斗に電話をかけていた。

『今日が新生天堂記念病院の第一歩だからな』

海斗の口調は誇らしげだ。

「先輩」

『ん?』

「会見終わったら、今日ってもう終わりですか?」

『えっ？』

「約束した件で、よかったら今日飲みにでも行きません？」

『ああ』

海斗の返事は、はっきりしない。

「いろいろ話したいこともありますし。あと、先輩が好きそうな居酒屋見つけました」

勇気を振り絞って続けると、海斗は一瞬、黙った。

『ごめん。今日は、ちょっと予定が入ってる』

「仕事ですか？」

『……まあ、そうだな』

海斗は曖昧に頷いた。

「失礼します」

ノックの音がして、岡田が入ってきた。

『ごめん、いったん切るよ。そろそろ出なきゃだから』

切れてしまったスマホの画面を見つめ、紗耶は小さくため息をついた。

陽月はまた美咲の熱を測っていた。熱は下がっていない。それどころか上がっていた。

心電図モニターの脈も速くなっている。美咲は朝からかなり息苦しそうだ。

「お水飲む？」

尋ねると、美咲が頷いた。コップで水を飲ませた後「ちょっと待っててね」と、VIP室を出た。小走りでナースステーションに向かい、看護師長の武内佐奈江《たけうちさなえ》に声をかける。

「あの、すみません。岡田先生って……」

「ちょっと待ってね」

陽月の切羽詰まった様子に、佐奈江は急いでパソコンを確認した。


海斗は岡田と共に理事長室を出て、会見場に向かって歩きだした。

「岡田先生、よろしいでしょうか」

そこに佐奈江が駆け寄ってきた。

「どうしました？」

岡田は足を止めた。

「お忙しいところ申し訳ありません。その、岡田先生に診ていただきたい患者さんがおりまして」

「すみません。これから大事な会見なんです」

岡田は耳を貸すこともなく、即答した。

「ですが」

佐奈江は納得できないようだ。

「若林先生に診てもらってください」

「……わかりました」

岡田の言葉に、佐奈江は仕方なく引き下がった。


美咲の呼吸はさらに荒くなっている。陽月は美咲の手を握り、励ました。

「もうすぐ先生来てくれるからね。頑張ろうね」

「お姉ちゃん」

美咲は息も絶え絶えだ。

「何?」

「……ごめんね」

「なんで美咲が謝るの」

陽月は胸が張り裂けそうだった。

「花火見に行くんでしょ」

「……うん」

美咲は小さな声で答えた。

「だったら元気にならないと。元気になって、美咲のやりたいこと全部やろう。海行きたいんでしょ。山登って、初日の出も見るんでしょ？」

とにかく、前向きな言葉をかけ続けるしかない。

「えっ？」

美咲が目を丸くしている。

「ごめん。ノート見ちゃった」

「もう」

美咲は口を尖《とが》らせた。

「だから、頑張ろうね」

陽月が顔をのぞき込むと、美咲がほほ笑んだ。表情がやわらいだのを見て、陽月も嬉しくなる。でもそのほほ笑みは一瞬でまた険しい表情に変わった。胸を押さえ、苦悶の表情を浮かべている。

「美咲!?　大丈夫？」

問いかけたが、美咲は目を閉じて苦しそうに息をしている。病室内に、心電図アラームが鳴り響く。

「美咲！　美咲！」

陽月が呼びかけても、美咲は返事をしなかった。


海斗は岡田と共に会見場に入っていった。登壇して一礼すると、無数のフラッシュが焚《た》かれる。

眩《まぶ》しい光の中で、海斗は誇らしい気持ちでいっぱいだった。


「美咲！　しっかりして！」

美咲を支えながら手を伸ばし、ナースコールを押した。だが誰も来ない。居ても立ってもいられず、陽月はＶＩＰ室を飛び出した。

「すみません！　誰か！　お願いします‼」

廊下を走ったが、ＶＩＰ室のある階には誰もいない。小児科に行き、ナースステーションに駆け込んだ。

「すみません！」

「どうしました!?」

看護師たちが立ち上がる。

「VIP室の朝比奈美咲が……」

陽月はパソコンで心臓血管外科ドクタースケジュールを確認した。岡田と郁弥は不在。もう一人の医師は手術中だ。陽月の焦りは増すばかりだった。


会見場のスクリーンには今回の術式と、使用した機材に関する詳細が映し出されていた。

「このたび我々は、国内初となる小児の移植心臓に対する冠動脈バイパス手術を行いました。患者の予後にも問題はなく、手術は成功と言えるでしょう」

説明する海斗に、スポットライトが当たっている。

「今後、弊院では心臓血管外科に特化した新病棟を設立し、これまで国外での手術を選択せざるを得なかった患者を積極的に受け入れていく予定です」

海斗のスピーチ中、岡田のスマホが震えた。画面を確認すると『天堂記念病院』とある。岡田はどうすべきか迷ったが、海斗が岡田を紹介する。

「ここからは実際にオペを担当した岡田先生から、今回の手術に関する解説をしていただきます」

岡田はスマホをオフにすると、笑顔で立ち上がった。

「このたびオペを担当しました岡田です」

陽月は佐奈江と共に廊下を走っていた。心電図アラームの音が鳴り響くＶＩＰ室に駆け込んでいくと、すでに本間《ほんま》栞《しおり》や白石《しらいし》安香《やすか》ら数人の看護師が美咲のベッドを囲んでいた。

「岡田先生は？」

安香が即座に陽月たちを見た。

「会見中よ」

佐奈江は答えた。「若林先生を呼んであるから、酸素とＡＥＤの準備を」

「はい！」

栞がＡＥＤの準備を始めた。

部屋には指示の声が矢継ぎ早に飛び交っている。陽月は気持ちを落ち着けようとしたが、どうしても動揺が抑えられない。

「美咲、聞こえる？　美咲!?」

陽月が呼びかける中、栞ら看護師たちは美咲に機材を取り付けていった。その間も心電図アラームの音は絶えず鳴り響いている。

どうにかしなくてはと、陽月はスマホを取り出した。焦りながらも郁弥の連絡先をタップし、電話をかけた。呼び出し音が鳴り、祈るような気持ちで待ち続けたが郁弥は出ない。

郁弥はその頃、智信《とものぶ》の墓参り中だった。

「若林先生はまだですか!?」

栞が叫んだ。

「美咲、しっかりして」

郁弥とも連絡が取れず、陽月はもはや美咲に呼びかけることしかできない。

「ねぇ、美咲！」

さまざまな医療器具に繋がれた美咲にすがるように叫び続けた。

「朝比奈さん、落ち着いて！」

佐奈江が陽月を一喝したとき、若林が駆け込んできた。

「すみません！　状態は!?」

「ショック状態です！　脈拍も落ちてます」

安香が報告した。

「若林先生、美咲に何が起きてるんですか……」

陽月が尋ねたが、若林はハッとし、困惑の表情を浮かべた。

「美咲は、助かるんですよね」

心電図モニターがピ――――ッと鳴り、心肺停止を告げた。

「心停止です！」

安香が叫んだ。波形がフラットになっている。

「バックボード！　アドレナリン1㎎用意して！」

若林が指示を出す。看護師たちが美咲の体を固定した。アドレナリンは、心停止蘇生に不可欠な成分だ。

「嫌だ……美咲！」

取り乱す陽月を若林が脇にどかし、心臓マッサージを始めた。同時に心電図アラームの数値を見る。

「反応ありません！」

安香が言った。

「……DC150！」

電気ショックを与えるようにと、若林の指示が出た。看護師たちが一層慌ただしく動きだす。除細動器が用意され、美咲の体にパドルが押し付けられた。

「美咲……美咲……！」

陽月はただ、祈っていた。

若林が美咲の胸に機器を当て「離れて！」と看護師たちに言い、電気ショックを与えた。美咲の華奢な体がびくんと跳ねる。陽月はその姿を見るだけでも心が潰れそうだ。

「戻りません！」

それでも数値は一向に好転しない。若林は再び心臓マッサージを始めた。だが、心電図の数値は戻らないままだった。


海斗は壇上で岡田と並び、笑顔を浮かべていた。

「こちらお願いします！」

記者に声をかけられ、そのたびに向きを変え、応じていた。


若林は必死で心臓マッサージを続けていた。看護師たちはただ見守ることしかできない。心電図はフラットなままだ。

「若林先生、もう……」

佐奈江が声をかけた。もうこの状態では、美咲の意識は戻らない。

「まだ……」

若林は諦めなかった。

「アドレナリンを！」

「若林先生！」

佐奈江が声を上げてもなお、心臓マッサージを続ける。

「戻りません……」

栞がつぶやくと、若林はようやく我に返ったように、心臓マッサージの手を止めた。

病室にはピ――――ッという音が、ずっと鳴り響いている。

「美咲、ねぇ！　ダメだよ、美咲！」

陽月はこの状況が受け入れられず、若林を押しのけて美咲に心臓マッサージを始めた。

「朝比奈さん！」

佐奈江が陽月の動きを止めようと手を伸ばしてくるが、陽月はとりつかれたように心臓マッサージを続ける。

「ねぇ、美咲。お願い。お願いだから……」

でも、美咲の心臓は動かなかった。陽月は手の動きを止め、美咲を抱きしめた。

「美咲……！」

さっきまでほほ笑んでいた美咲の目が、開くことは二度となかった。

「理事長」

高村は会見場に飛び込んでいった。壇上では岡田が手術についての説明をしていて、海斗もその隣で笑顔を浮かべている。

高村は壇上に上がり、海斗に耳打ちした。

「失礼します」

海斗は顔色を変え、会見場を出ていく。記者たちがざわつく中、岡田はその場で説明を続けた。

海斗はＶＩＰ室に駆け込んだ。悄然《しょうぜん》と佇《たたず》んでいた陽月が、ゆっくりと顔を上げた。

ベッドの上の美咲の顔には、布がかけられている。恐る恐る近づいて布に手をかけ、外した。美咲は安らかに眠っていた。

あまりの衝撃に呼吸が荒くなっていく海斗の後ろで、陽月が床に崩れ落ちた。顔を両手で覆って声を上げて泣く陽月に、海斗は何も言葉をかけることができない。

よろめきながら病室の外に出た海斗は、しゃがみ込んで嗚咽《おえつ》を漏らした。

＊

数日後、美咲の葬儀がとり行われた。美咲の同級生とみられる制服姿の参列者たちが順番に焼香をしていた。泣いているのは、美咲と親しかった友人たちだろう。

やがて岡田に続き、海斗の番が回ってきた。目の前には小さな柩が横たわっている。

海斗は一礼し、手を合わせた。

焼香を終え、喪主の陽月に頭を下げると、陽月も頭を下げた。

参列した天堂記念病院の医師たちは、葬儀場の一角に集まっていた。

「そんな顔をするな」

小笠原は、無念の表情を浮かべている若林に声をかけた。

「ですが……」

若林は口を開きかけたが、言葉が続かなかった。

「誰のせいでもありません」

小笠原が肩を叩いて慰《なぐさ》めたが、若林の心が軽くなることはなかった。

海斗が再び葬儀場の中に入ると、陽月が一人でぽんやりと座っていた。

「陽月」

海斗の呼びかけに振り返った陽月は、青白い顔をしていた。食事も喉を通らないし、眠れないのだろう。やつれきっている。

「もう、涙も出ない」

陽月は力なく言った。

「もう、何もわからないよ。どうして美咲が、どうして美咲が死なないといけないの」

誰に問いかけるでもなく、口を開いた。

「手術に問題はなかった。あの場に岡田先生がいたとしても結果は同じだった」

陽月が言う「あの場」に岡田がいなかったのは、会見中だったからだ。

佐奈江が呼びに来たときに、なぜ美咲に何かが起こっていることを想像できなかったのだろう。なぜ会見のことで頭がいっぱいだったのだろう。

あのときの海斗は、心臓血管外科プロジェクトが始動した誇らしさで頭がいっぱいだった。美咲の手術も成功だと信じて疑わなかった。

そんな愚かな自分を、何度も悔やんでいた。

「もう何度も言われた。だから、わかってる。誰も何も悪くない。ただ、美咲が死んだ。今日焼かれて、骨になって、それでおしまい……。しょうがない」

陽月はぼんやりと宙を見つめ、言った。

「しょうがない、しょうがない」

何度も何度も、自分に言い聞かせるように言う。

「しょうがない……？」

陽月はハッと顔を上げ、美咲の遺影を見つめた。

「もう、美咲に会えない」

陽月は苦しそうにつぶやく。そして、大切そうに抱きしめていたノートを開いた。前に見せてもらった〝元気になったらやりたいこと〟が書かれたページをめくる。

〝花火をお姉ちゃんと見る〟と書かれたその次のページには、〝お姉ちゃんとずっと一緒に仲良く暮らす〟と書いてある。

「……どうして美咲が？　どうしてあの子が死ななきゃいけないの？　もっとあの子とたくさんの時間を過ごしたかった。もっとあの子に、生きてほしかった。それだけなのに……。好きな人ができたり、フラれたときには一緒に泣いたり、たまにはおいしいものを食べに行って、笑って、そんな普通でいい、普通の人生をあの子に生きてほしかった。それだけなのに」

陽月が言うのを、海斗は黙って聞いていることしかできなかった。

「それだけなのに……全部、しょうがないで片付けなきゃいけないの？」

陽月の目から涙がこぼれ落ちる。

陽月が苦しんでいるのに、何もしてあげられない。それどころか自分が推し進めてきたことが、美咲の命を奪ってしまった……。海斗は自責の念で、心が押し潰されそうだった。

すると、葬儀場に戻ってきた若林が、海斗に近づいてきた。

「理事長、少しよろしいでしょうか」

「……今じゃないとダメですか」

「お願いします」

若林は真剣な表情で即答した。

「いや、でも……」

「理事長！」

戸惑う海斗に若林は強い口調で言った。

「ごめん」

陽月に声をかけて、若林とその場を離れた。二人が歩いている様子を郁弥が見ていたが、海斗は気づいていなかった。


二人は人のいない場所に移動した。

「申し訳ないですが、手短に済ませてください」

「はい。その……」

「なんですか」

こんなときに、いったいなんの用だというのだろう。

「朝比奈美咲さんの手術に関して、報告すべきことがございます」

「え……」

海斗の心臓が激しく波打った。

「内胸動脈からグラフトを採取する際、出血があったことはご存じかと思います」

「ええ、それが何か」

「岡田先生は止血のため、急いで周囲の組織を剝離《はくり》しようとしました。その判断自体が間違っていたとは思いません。ただ……」

若林は言い淀んだが、決意したように再び口を開いた。

「その際に、わずかですが肺に電気メスが接触した可能性があります」

「どういうことですか」

次第に鼓動が高まってくる。

「肺を傷つけたことによりできた気胸が死を招いてしまったのではないかと」

「それはつまり」

「朝比奈美咲さんは、医療過誤により命を落としたのだと思います」

若林の言葉に、海斗の全身から血の気が引いていく。

「もちろん、あくまで可能性の話です。確たる証拠があるわけではありません」

「嘘だ」

わずかに気持ちを立て直したが、動揺は続いている。

「理事長」

若林が改めて海斗を見る。

「遺族に、病理解剖を提案していただけませんか?」

「え……」

想定外の言葉に、海斗はどう反応したらいいのかわからなかった。

「美咲さんのご遺体を解剖すれば、死因も医療過誤があったのかどうかも、すべて明らかになります。今ならまだ間に合います。遺族に病理解剖を提案するべきです」

遺族……つまり陽月のことだ。

いったいどうしたらいいのか。海斗は葛藤していた。

出棺の時間が近づき、柩の蓋がゆっくりと閉められていく。花に囲まれた美咲の顔が次第に隠れていき、ついに何も見えなくなった。

もう、会えない――。

陽月は柩をじっと見つめていた。

8

葬儀の終わりに、陽月が出棺の挨拶をしていた。

「美咲の人生は、そのほとんどが病気との闘いでした。それでも、これだけ多くの方々に見守られて旅立てる美咲は幸せ者です。美咲が生きた十二年という月日を、どうか皆様の心の中に留めていただけましたら、美咲も喜ぶと思います」

涙を堪《こら》えて挨拶する陽月を見守りながら、海斗の胸の中はさまざまな思いが渦巻いていた。


先ほど若林に呼ばれて話したとき、遺族に病理解剖を提案するべきだと言われた。

「今、ここで……?」

海斗は激しく動揺した。想定外の提案に、考えがまとまらなかった。

「遺体が焼かれてしまってからでは手遅れです」

若林は主張した。

「……だったら、どうして今日まで黙っていたんですか」

「美咲さんが亡くなる前日、岡田先生にはご相談しました。ですが手術に問題はなかった、と取り合っていただけず……」

若林は会見前夜に岡田にレントゲン写真を見せていたという。岡田は後で詳しく見ておきますと言って、結局はそのままなんの対応もせずに会見に臨んだ。そして、会見中に美咲の容体が急変した。

「私自身、医療過誤なんてないと信じたい気持ちもありました」

若林も逡巡《しゅんじゅん》しているようだった。

「ですがやはり医師として、わずかでもその可能性があるなら見過ごすことはできません。遺族に病理解剖を提案してください。理事長から言うのが難しいなら、私がお伝えしてきます」

若林はそう言って、陽月のほうに向かおうとした。

「待ってください」

海斗は引き留めた。

「岡田先生は手術に問題はなかったとおっしゃったんですよね？」

「ええ」

「そこまで断言されるのなら、やはりミスはなかったのではないでしょうか」

「ですが、病理解剖しないかぎりは百パーセントミスがなかったとは言い切れないはずです」

若林の言うことはもっともだ。だが海斗は決断を下せずにいた。

「わかりました。遺族への対応は私がします。ただ、少し整理する時間をください」

とりあえず時間稼ぎのようなことを口にすると、若林は海斗の心の内を推し量るように見た。

「直前のご報告になりましたことお詫びします。ですが、出棺まで時間がありません。よろしくお願いします」

若林は頭を下げ、去っていった。

それが、数分前のこと。

「本日はご多用の中ご会葬いただき、誠にありがとうございました」

陽月の挨拶が終わった。この後は出棺だ。海斗は、近くにいる若林が自分の横顔をちらちらと見ているのを感じていた。

美咲の柩は、火葬炉の前に安置されていた。

「美咲……本当によく頑張ったね。ありがとう」

陽月は柩の小さな窓から、美咲に声をかけていた。しばらく見つめていたが、やがて思いを振り切るように、一歩下がった。

「失礼します」

葬儀場のスタッフが柩の窓を閉じた。柩が火葬炉へと入れられ、スタッフが陽月に点火ボタンを押すよう促した。

陽月は一瞬戸惑いを見せながらも、点火ボタンを押した。火葬炉の中で炎が上がる音がする。

その瞬間、海斗は取り返しのつかないことをしてしまった恐怖が込み上げ、全身が震えるようだった。

郁弥は火葬場には同行しなかった。外に佇み、火葬場から上がる煙を見つめていた。

＊

葬儀の翌日、海斗は皇一郎が暮らすホテルを訪ね、今回の件を報告した。

「つまりその患者は、手術中の過失が原因で命を落とした」

「あくまで可能性の話ですが」

「そしてそれを遺族に伝えることなく、解剖をせぬまま遺体は燃やされてしまったと」

「……はい。遺族の気持ちを思うと、あの場で解剖の提案ができませんでした。申し訳ありません」

海斗は頭を下げた。たしかにあのときの陽月をこれ以上悲しませることはできなかったが……。

「よくやった」

「え」

驚いて、顔を上げた。

「いや、よく〝何もやらなかった〟と言うほうが正しいか」

皇一郎はニヤリと笑った。

「どういう意味でしょうか」

「大事の前に小事なし。為政者たるもの、少々のトラブルに振り回されてはならん」

少々のトラブル。その言葉に大いなる違和感を覚えた。だが口にはできない。

「おまえにとっての大事とはなんだ？　ん？」

「……プロジェクトを推し進め、一つでも多くの命を救うことです」

「そうだ。この先、数多くの命を救う男が、こんなところで足を掬《すく》われるわけにはいかんだろう」

こんなところ。美咲の死をそのように表現する皇一郎に、どうしても違和感が拭えない。

「小さき命を懸命に救おうとした医師たち、手術は見事に成功したがその矢先、予期せぬ心不全が患者を襲い……、世間にはそんな美談にして広めておけばよい」

「ですが、もし本当に医療過誤があったのなら」

「今さら綺麗事を言うつもりか？」

皇一郎は厳しい顔つきで言った。

「遺体はもう骨になった。真相は藪《やぶ》の中だ」

何かを言わなくてはならない。海斗は言葉を探す。

「そういう決断をしたんだよ、おまえが、自分の判断で」

皇一郎は海斗の自責の念を煽るように言った。

「もう忘れなさい」

そして、この話は一方的に幕を閉じた。

「理事長」

岡田に呼ばれ、海斗は現実に戻った。

理事長室で岡田と話していたのだ。なのに、前日の皇一郎とのやりとりを思い出してしまい、打ち沈んでいた。

「お話続けてよろしいでしょうか」

「ええ。失礼しました」

改めて、岡田の話に集中した。

「プロジェクトの二例目として、こちらの患者を受け入れるご承認をお願いします」

岡田は海斗の前の机に書類を置いた。『心臓血管外科プロジェクト』として二例目の冠動脈バイパス手術を受ける小児患者のカルテも添えてある。海斗は書類を手に取ることなく、ただじっと見ていた。

「どうかなさいましたか？」

「……朝比奈美咲の手術は、本当に成功したんですよね」

「おっしゃっている意味がわかりかねますが」

「若林先生から聞いてしまったんです。術中に患者の肺を傷つけた可能性がある、それが原因で命を落としたのではないかと」

「その話ですか」

岡田はうんざりしたように続ける。

「私も若林先生に言われ、術後のレントゲンを確認しました。そしてたしかに、左肺がやや落ちているような印象も受けました」

「ではなぜ」

「ポータブルで撮影した場合、そのような誤差が生じることは珍しいことではありません。若林先生にもそうご説明し、ご納得いただいていたところです。それを今さら、理事長に告げ口のような形で伝えられたのは、正直に申し上げて不本意です」

誤差、告げ口……岡田の発言に心を感じないが、医師ではない海斗は何も言い返せない。

「事実、手術は完璧に行いました。こちらに落ち度はなんらなく、ただ不測の心不全が患者を襲っただけのこと」

「……信じていいんですよね？」

そうあってほしいと願望を込めて、尋ねた。

「万が一、ミスがあったとして」

岡田は一拍おいて、海斗を見る。「今さら確かめられないことは理事長もおわかりですよね？」

「……ええ」

あのとき、陽月に病理解剖を提案しなかったのは自分だ。

「だとすれば、これ以上の議論は意味を成さないと思いますが」

岡田の圧に押されるように、海斗は書類に承認の判を押した。

「ありがとうございます」

書類を手に、岡田は理事長室を出ていった。


その頃、郁弥は院内の廊下から、がらんとしたＶＩＰ室を見ていた。誰もいないベッドは、きちんと整えられている。郁弥は美咲の笑顔を思い出していた。


海斗は陽月のアパートにやってきた。どうしようかと迷っていると、ちょうどそこに陽月が帰ってきた。

「海斗？」

陽月は驚きながらも、海斗を部屋に上げてくれた。

「ありがとう。わざわざ来てくれて」

仏壇に線香を上げて手を合わせる海斗に、陽月はお茶を出してくれた。

「いや」

「びっくりだよね」

何かを言いかけた海斗の言葉をさえぎるように言った陽月の言葉に、海斗は「えっ？」と、ビクリとしてしまう。

「こんな小さくなっちゃうんだもん」

陽月は骨壺を見つめていた。

「ああ」

「嘘みたい。美咲がもういないなんて……」

長いまつ毛を伏せ、寂しげにしている陽月に、海斗は何も言えない。

「……海斗はさ。美咲の死因について、どう思う？」

「えっ」

海斗は陽月の言葉の真意がわからず、言葉が出てこない。

「……美咲が亡くなったあの日、病理解剖を勧められたの」

「誰に？」

鼓動が高まり、陽月に聞こえてしまいそうだ。

「……大友先生に」

美咲が亡くなった直後、陽月が病院内の霊安室で美咲の亡骸《なきがら》に付き添っていると、郁弥がやってきて病理解剖をするべきだと言ったという。

「院内での予期せぬ死に対して、遺族は病理解剖でその死因を究明する権利がある」

郁弥に言われ、死因を究明するとはどういうことかと尋ねる陽月に、「カルテにある通り、不測の心不全で命を落としたのかどうか。もしかしたら、彼女が亡くなった本当の原因は別にあるのかもしれない」と、郁弥は答えたという。

「……解剖すれば、何かわかったかもしれない。同じような病気で苦しむ人たちのために、美咲の死が役に立ったのかもしれない。そう思うと、解剖をお願いすべきだったのかもなって」

陽月は海斗に言った。

「だったら、どうして断ったの？」

海斗は陽月の気持ちを知りたかった。

「美咲は今まで、ずっと苦しんできたから。手術を二回も受けて……これ以上、美咲の体を傷つけたくなかった。だから……」

「陽月は間違ってないよ」

海斗は強い口調で言った。「手術に問題はなかった。執刀した岡田先生たちのチームも全力を尽くした。解剖したところで何かがわかったわけじゃない。美咲ちゃんをこれ以上傷つけたくないっていう陽月の気持ちは、何も間違ってないよ」

陽月の決断を肯定してあげたい思いは本物だ。だけど、純粋な気持ちからだけではないこともわかっている。そんな自分が情けない。

「ありがとう」

陽月が言ったところに、海斗のスマホが鳴った。ごめん、と言って立ち上がり、少し離れた場所で出た。綾乃からだ。

「はい」

『朝比奈美咲さんの死に関して、ホームページで公表する文章の案をお送りしました。加筆修正あればお願いいたします』

綾乃の声が漏れていないよう陽月を気にしつつ、海斗は「わかりました」と答え、すぐに電話を切った。

陽月はぼんやりと遺影を見つめていた。

海斗は陽月のアパートを出た。

「じゃあ」

見送りに出てくれた陽月に、声をかけた。

「うん。また病院で」

かすかにほほ笑んでくれた陽月が見送る中、海斗は歩きだした。


若林が、医局のパソコンで美咲のレントゲン写真を見ていた同じ頃、郁弥も会議室のパソコンで同じものを見つめていた。

＊

翌日、出勤した海斗はノートパソコンで、美咲の死に関する公式見解を確認していた。『手術は成功したが、患者はその後不測の心不全により逝去した』『医師たちは全力を尽くし、手術自体にも瑕疵《かし》は見つからなかった』『なお、病理解剖は遺族の意向により行わなかった』などといった趣旨の文言が並んでいる。

読んでいても気が滅入ってくるばかりだ。と、ノックの音がした。

「はい」

海斗は急いでパソコンを閉じた。

「失礼します」

入ってきたのは若林だ。

「若林先生。どうされました？」

「突然申し訳ありません。朝比奈美咲さんについて、ホームページ拝見しました」

「そうですか」

「どういうことでしょうか」

机の前に立った若林は、真っすぐな目で海斗を見た。

「私たちは遺族に病理解剖を提案しておりません。それなのに、公表した文章には
……」

若林は海斗を責めているのだろう。

「私は……、私はやはり、たとえ葬儀の場であっても、病理解剖を提案すべきだったと思います。そのうえこんな虚偽が含まれた文章まで無断で掲載して、遺族も黙っているはずがありません」

必死で訴えてくるが、海斗の胸にはあまり響いてこない。

「遺族の目に触れる前に文章を取り下げてください。そして、医療過誤の可能性を把握しながら病理解剖を提案しなかったことを正直に公表すべきです」

目の前で熱くなっている若林を、海斗は冷めた目で見ていた。

「理事長!」

「掲載された文章に虚偽は一切ありませんよ」

海斗は落ち着き払った口調で言った。

「えっ」

「遺族には患者の死後、すぐに病理解剖を勧めていました。ただ、患者の体を傷つけたくないという強い意向により、断られてしまったんです」

「そんなこと、あのときは一言も」

「急なことで私も気が動転していたんですよ」

「……ですが」

若林は術前術後のレントゲン写真を見せた。

「解剖を勧めた時点では、この気胸の可能性について遺族に説明していないんですよね? 術前のものと見比べれば、左肺がわずかに落ちていることがおわかりいただけると思います」

「……岡田先生はポータブルによる誤差だとおっしゃってましたが」

「もちろんその可能性もあります。しかし、気胸である可能性もゼロではないはずです。だからこそ病理解剖ですべてを明らかにすべきだと申し上げたんです」

「いずれにせよ、もう遺体は残っていません。悔しいですが、今さらどうすることもできませんよ」

医療過誤の証拠は、どこにもない……はずだ。

「……ちなみに、このレントゲンは誰でも見られるんですか？」

海斗は尋ねた。

「病院内のデータベースに保管されていますので、医師でしたら誰でも閲覧可能です」

「わかりました。ご報告ありがとうございます。もう、大丈夫ですよ」

「えっ」

「この件に関しては、一度お預かりいたします」

「ですが……」

海斗の有無を言わせぬ態度に、若林はそれ以上強く出ることができなかった。

紗耶は自席のパソコンで天堂記念病院の公表文を見ている。

「木下」

「はい」

呼ばれて席に向かうと、薮田は渋い表情を浮かべていた。

「天堂記念病院、まだ追ってるのか」

「ええ、術後に患者が亡くなってしまったようで。遺族とも面識あったので、ちょっと気持ちのやり場がないっていうか……」

人間関係が絡み合っていて、海斗や陽月の気持ちを思うと、紗耶もやりきれない思いでいた。

「編集部のアドレスにこんなメールが届いた」

薮田は自分のパソコン画面を見せた。

『朝比奈美咲の手術に関して』というタイトルで『医療過誤の可能性アリ。詳細希望の場合、ご返信ください』とあった。

「どう思う?」

「天堂記念病院の見解では手術にミスはなかったと……まさか、内部の人間でしょうか?」

「九割方、タチの悪いイタズラだろうが……ガセじゃないとしたら大スクープだ」

藪田は紗耶の反応を待っていた。

「……とりあえず返事だけでもしてみるか」

だが紗耶が何も言わなかったので、パソコンを自分のほうへ向けた。

「あの！」

「ん？」

「私が確認してもいいですか？　そのメールが本当に内部告発なのか、それとも単なるイタズラか」

いずれにしても、自分できちんと裏を取りたい。

「わかった」

「ありがとうございます」

海斗に連絡を取るため、紗耶は自席に戻った。


海斗は皇一郎のもとを訪れ、レントゲン写真を見せた。

「こんなもの、なんの証拠にもならん。岡田先生も誤差だと言ってるんだろう？」

「しかし、万が一若林先生がこれを持って遺族の元に向かったら……」

「怖いか？」

気持ちを見透かされ、海斗は押し黙る。

「……」

「大事の前に小事なし」

皇一郎はまたこの前と同じ言葉を繰り返した。

「だが、大事の前の小事とも言うから面白い。時に臆病になることも権力者には必要だ。その臆病さが小さな芽を摘む原動力となり、おまえ自身を助けることに繋がる」

一人納得したように言うと、「永田」と控えている綾乃に声をかけた。綾乃はすぐにノートパソコンを持ってきた。画面には術後の美咲のレントゲン写真が表示されている。

「天堂記念病院のデータベースを直接操作することが可能です」

綾乃はそう言って、キーボードを操作した。『削除してよろしいですか』と、表示されている。

「簡単だろう?」

皇一郎が得意げに言う。

「もちろん削除した記録は残りません。どうぞ」

綾乃は海斗にパソコンを向けた。

「どうした?」

皇一郎は試すような顔で海斗を見た。

「いえ」

「できないのか？」

「ですが、これは、つまり……」

声がうまく出ない。

「隠ぺいだ」

やはりそういうことだ。今、自分は岐路に立たされている。体中から、嫌な汗が湧いてくるのを感じる。

「もみ消すんだよ」

それは、海斗が望んでいることでもあった。だけど……。

「なんだその顔は。おまえはそのためにここへ来たんだろ」

「いえ、私は」

「なんだっていい。早くしないとこのデータが今にも外に漏れ出るぞ」

わかっている。だが、体が動かない。

「おまえがやるんだ。おまえが、自らの手を汚してこの病院を守るんだよ」

皇一郎が畳みかけてきた。

「それともすべて失うか？　病院も、プロジェクトも、おまえが築いてきた地位もすべて。さあ、腹をくくれ」

皇一郎の言葉に操られるように、海斗はゆっくりとパソコンに近づく。重い腕を動かし、直前までためらったものの、エンターキーを押した。画像は一瞬で削除された。

「それでいい」

満足げに頷いた皇一郎は「もう一つ、やるべきことがあるな」と言った。もはや虚脱状態の海斗は、力なく皇一郎を見る。

「こちらのほうが難しい。おまえの意思だけではどうにもならんことだ。何が言いたいかわかるか？」

「医師の口を封じる」

海斗はまるでロボットのように、声を発していた。

「その通りだ。手段は問うな。確実に封じるのだぞ」

「わかりました」

「そんな顔をするな。同じだよ。私も智信もあらゆる手段を使って病院を守ってきた」

「……父も？」

意外だった。父は決して後ろ暗いことなどない人間だと思っていた。

「嘘だと思うなら、外にいるあいつに聞いてみるといい」

皇一郎はどこか楽しそうに言った。

「一将功成《いっしょうこうな》りて万骨枯《ばんこつか》る。我々は無数の屍《しかばね》の上を生きている。そうでなければ大きな組織を繁栄させ、維持することなどできんのだよ」


海斗はふらふらと廊下に出てきた。

「何かありましたか」

待っていた高村が問いかけてきた。この人が父の隠された一面を知っている——。何か言おうとしたが、声を発することができない。

「理事長?」

「いえ、行きましょう」

海斗は歩きだした。

＊

「おはようございます」

忌引が明け、陽月は仕事に復帰した。

「もう大丈夫なの？」

佐奈江が声をかけてきた。

「はい。ご迷惑おかけしました」

昨夜、陽月は気持ちを整理するために美咲の遺品を箱にしまった。最後に、手術のときに美咲に渡したお守りを入れ、蓋を閉めた。

「プロジェクトの二人目の患者さんが今日、手術でね」

そのためなのか、先ほどからナースステーションにいる看護師たちは慌ただしく出入りしている。

「……そうですか」

そこに若林が通りかかり、陽月を見つけて足を止めた。陽月もその気配に、顔を上げた。

「妹の手術では大変お世話になりました。本日から復帰します。よろしくお願いします」

丁寧に礼を言ったが、若林は何やら思案顔だ。

「あの……」

「朝比奈さん」

若林が何か言いかけたところに「若林先生」と、声がかかった。陽月と若林が同時に見ると、高村が立っていた。

「少しよろしいでしょうか。理事長がお呼びです」

高村の言葉に驚きの表情を浮かべながら、若林は理事長室に向かった。


「失礼します」

若林は理事長室に入っていく。

「岡田先生」

そこには岡田もいた。

「これからいくつか質問します。簡潔に答えてください」

理事長席に座る海斗が、口を開いた。

「はい」

「あのレントゲン写真をほかの医師が見ている可能性はありますか?」

「どういう意味でしょうか」

若林は眉根を寄せた。

「簡潔にお答えください」

「……おそらく、ないかと。担当医は私でしたので、私以外の医師が見ることはないかと思います」

「では、私と岡田先生に渡したもの以外で印刷したレントゲン写真はありますか?」

「ありません。基本的には病院内のデータで管理しておりますので」

「そうですか……では、最後の質問です。朝比奈美咲の手術にミスはありましたか?」

「え……」

「お答えください」

海斗に見つめられ、若林は岡田を見た。岡田は視線を落とし、黙っている。

「ですから、再三申し上げている通り、レントゲン写真に気胸と思われる肺の落ち込みを確認しました。手術中に肺を傷つけてしまったのが原因ではないかと」

「岡田先生、いかがですか?」

海斗が岡田に尋ねた。

「まず、手術中に肺を傷つけるようなミスは一切しておりません。次にレントゲンに関して。私も改めて確認しましたが、そのような異変は一切見当たりませんでした」

「そんなはずは……」

若林は信じがたい思いで岡田を見た。

「ではどこに問題があるか、教えていただけますか」

岡田に言われ、若林は手にしていたタブレットでデータベースにアクセスした。だが術後のレントゲン写真は術前のものと変わりない。

「え……」

「私には術前、術後でまったく変化がないように見えますが」

「いや、たしかに左肺が落ちていたはずで……」

「見間違えたのではないですか？」

海斗が尋ねてきた。

「そんなはずは！」

若林は海斗と岡田の顔を交互に見た。そして二人の思惑を理解した。「まさか……」

「証拠がない。遺体もない。それでもまだ医療過誤だと騒ぐようなら、それは病院への背任行為です。私は理事長として、しかるべき処分をしなければならない」

海斗は一拍おき、続ける。「身重の奥さんがいらっしゃるんですよね？　狭い業界です。これからも医師として働きたいのなら、妙な評判が立つのは避けたいでしょう」

「脅す気ですか」

若林はじりじりと追い詰められていた。

「事実認識を共有しようという話です」

「手術は成功した。しかし患者は、予後に合併症としての心不全で命を落とした」

二人の間ではあらかじめシナリオが決まっていたかのように、岡田が言い添えた。

「そして、それは決して予見できるものでなかった。これが私と岡田先生の認識です。若林先生も同じ認識ということでよろしいですね？」

海斗は理事長席から、若林を見据えた。

「若林先生、もう戻れないんですよ」

その言葉に、若林は衝撃を受けた。そして、自分の脇が甘かったことを悔やんだ。

「プロジェクトが軌道に乗ったら、相応のポストを用意することを約束します。同じ認識ということでよろしいですね」

「……はい」

この状況では、若林は頷かざるを得なかった。

「では、本日の手術もよろしくお願いします」

「お願いします」

海斗と岡田は、若林に頭を下げた。

紗耶が自席でパソコンに向かっていると、スマホの画面が点灯した。画面上部に、メール受信を知らせるポップアップが表示されている。

タイトルは『Ｒｅ：Ｒｅ：朝比奈美咲の手術に関して』

紗耶は画面をタップし、すぐにメールを開いた。

「木下」

読み終えたちょうどそのとき、薮田に声をかけられ、ビクリとした。

「天堂記念病院の件、進展あったか？」

「あー」

さりげなく、スマホを伏せる。「やっぱイタズラでした。あれから一切返信ないです」

「なんだよ」

「タチ悪いですよね」

紗耶が笑うと、薮田は興味を失ったのか、何も言わずにその場を離れていった。

＊

手術室には、規則的な心電図モニターの音が響いていた。患者は麻酔によって眠っている。若林は第一助手として、ほかの助手たちと共に手術の準備をしていた。

　そこに、消毒を済ませた岡田が両手を上げ、手のひらを体のほうに向けて入ってきた。助手たちが頭を下げる中、若林も仕方なく小さく顎を引いた。

「患者の状況を」

「血圧95の60」

　若林は岡田に答えた。

「これより、ＦＯＮ《フォン》 ＴＡＮ《タン》手術を始めます。心拡大が激しいので注意するように」

　岡田が器械出しの助手からメスを受け取り、患者の胸部に近づけていった。

　それを見ていた若林は、だんだんと息がうまく吸えなくなってきた。

「先生、ご気分でも悪いんですか？」

　第二助手が若林に声をかける。

「いえ、大丈夫です」

　気持ちを立て直して患者に向き合ったが、急変して苦しむ美咲の姿が、頭の中で次々とフラッシュバックし始める。

「電気メス」

「はい……」

若林は電気メスを取ろうと手を伸ばした。けれど、岡田が美咲の手術の際に電気メスで細かい血管を切ってしまい、血が噴き出し……。思い出したくないあの光景が、まざまざとよみがえる。

若林は口元を押さえ、しゃがみ込んだ。

「若林先生、大丈夫ですか」

ほかの助手たちが心配そうに声をかけてきたが、若林は耐え切れずに手術室を飛び出した。

転がるように廊下に出てきて、その場に座り込んだ。息苦しい。眩暈《めまい》がする。吐き気が込み上げてくる。

次の瞬間、人の気配がして顔を上げると郁弥がいた。無言で若林を見下ろしている。若林は立ち上がり、足早に立ち去った。

仕事中、紗耶はパソコンに向かっていたが集中できなかった。スマホを取り出して海斗に電話をかけようかと迷ったが、結局、かけることはなかった。

海斗は理事長室で高村の報告を受けていた。

「手術は無事成功したようです」

「それはよかったです」

「ただ、若林先生が術中に途中退出したようでして……」

「若林先生が？　何があったんですか」

「体調不良とだけお聞きしております」

「そうですか」

怪訝な顔で頷いたとき、海斗のスマホが震えた。


屋上にやってくると、陽月が待っていた。

「今日から復帰だったんだな」

「ごめんね、急に呼び出したりして」

陽月は海斗に、話があるから屋上で会えないかとメールしたのだ。

「全然。それで、話って？」

問いかけると、陽月はしばらく黙った。いったい何を言われるのかと嫌な予感が胸をかすめたとき、陽月が後ろ手に隠していたものを出した。

「これ、一緒にやらない？」

持っていたのは花火セットだ。

「……どういうこと？」

「前に話したよね。美咲と、今年の夏こそ花火見ようねって」

「ああ、約束してたんだよな」

「見せてあげられなかったからさ。どうせなら、美咲がよく見えるように、なるべく高いところでやりたいなって」

「それで屋上？」

「理事長と一緒なら怒られないと思って」

「なんだよそれ」

呆れている海斗の前で、陽月がほほ笑んでいる。

「やっちゃうか」

二人は屋上で花火を始めた。パチパチとはじける花火を、陽月は無言で見つめている。

「……美咲、喜んでくれてるかな」

陽月は、花火の煙がうっすらと上っている空を見上げた。

「ああ」

海斗も見上げると、煙はすうっと消えていった。

花火を終えた二人はベンチに並んで腰を下ろした。

「心配かけてごめんね」

「えっ？」

「私、大丈夫だから」

陽月は気丈に振る舞っている。

「思ったんだ。たくさんの人たちが美咲を救おうって頑張ってくれたんだから。私がずっと落ち込んでちゃダメだって」

その言葉に、海斗は頷けなかった。

「落ち込むよりも、ここの子どもたちを一人でも多く笑顔にする。そのために私ができることを全力でやる……きっと美咲も応援してくれると思うんだ」

海斗は後ろめたい気持ちで、いっぱいになる。

「海斗、今日はありがとう。こうして前を向けるのも……海斗の存在が大きい」

「ああ……でも俺の前では無理しなくていいから」

どの面下げて言っているんだ。海斗は、自分が自分じゃないような気がしてきた。

「うん」

陽月が頷いたとき、スマホが鳴った。

「いいよ、出て。忙しいよね」

「ごめん」

海斗は電話に出て、「どうした？」と、問いかけた。電話の相手は紗耶だった。

『今日、この後会えますか？』

「……今は」

『いや、すぐに会いたいです』

「えっ？」

いつも海斗の気持ちを先回りして気遣ってくれる紗耶にしては珍しい。

『お願いします』

電話を切った海斗は、ベンチに座っている陽月を見た。陽月は空を見上げていた。


夜、紗耶が海斗のマンションにやってきた。

「コーヒーでいいよな？」

ダイニングテーブルの椅子に座っている紗耶に、声をかけた。

「すみません、突然」

「どうした？」

コーヒーを出し、紗耶の向かい側に腰を下ろした。

「……朝比奈美咲さんの件、ホームページで見ました」

「ああ」

「本当に、お気の毒です。言葉もありません」

「手術は成功したんだ。けど、不測の心不全だよ。どうすることもできなかった」

我ながら白々しいと思う。だが、もはや不測の心不全で押し通すしかない。

「何かあったのか？」

黙っている紗耶に尋ねた。

「……本当に、手術は成功したんですよね？」

「え」

紗耶は質問には答えずに、じっと海斗を見ていた。

「どうしたんだよ、急に」

「たとえば……たとえば手術中に、わずかに肺を傷つけた可能性はありませんか？」

問いかけられて動揺してしまうが、悟られないように必死に平静を装う。

「術後の急変はそれによってできた気胸が原因だったとか……」

「……何言ってんだよ」

「そして、その証拠になるかもしれなかったレントゲン写真を削除して死因の隠ぺいを図った……」

なんでその話を知っているんだ。思わず口に出しそうになったが、踏みとどまった。

「なんでそんな顔するんですか」

「いや」

「うち宛に匿名でメールが届いたんです」

紗耶はスマホを見せた。画面には『Re：Re：朝比奈美咲の手術に関して』というタイトルのメールが表示されていた。

「肺を傷つけたかもしれないこと、彼女が亡くなる直前のレントゲンで肺に異常が見られたこと、そしてそのレントゲンが突然消えてしまったこと。全部ここに書いてあります」

院内の事情をここまで知っているのは、いったい誰だ。海斗は頭の中でぐるぐると考えをめぐらせた。

「仮に気胸に気づいていながら放置していたのだとしたら、重大な医療過誤です。ましてやそれを隠ぺいしようとしているなら……記者として、これを見過ごすわけにはいきません」

紗耶はジャーナリストの目で、海斗を見つめた。

「先輩はこのことを知っていましたか？　これは事実ですか？　どうなんですか？」

矢継ぎ早に質問を浴びせられたが、海斗は黙っていた。

「どうしてそんな顔してるんですか？　答えてください！」

紗耶は感情をぶつけてきたが、海斗は何をどう言ったらいいのかわからない。

「私、この後、この人に会うことになってるんです」

「え……」

思わず、声を発してしまった。

「肺に気胸があった可能性を示すものも持っているそうです。この人の言ってることが本当なら、持っているのはおそらく消されたはずのレントゲン写真」

海斗は衝撃を受けた。

「会いたくないですよ、知りたくない……だから……違うって言ってくださいよ！　俺を信じろって」

紗耶は必死で訴えてきた。

「じゃなきゃ、私……」

「知らない。俺は、何も知らない……」

「じゃあ、このメールは……」

「根拠がない……嘘だ」

海斗は声を絞り出した。

「プロジェクトに対して否定的な感情を持つ病院内の者によるガセだ。美咲ちゃんを救えなかったことをいいことに、プロジェクトを潰そうとしている」

海斗は紗耶を抱きしめた。

「……俺が、隠ぺいなんてするはずないだろ。信じてくれ」

情報を流してきた人物に会いに行かせるわけにはいかない。

「……信じて、いいんですよね」

尋ねてくる紗耶の口を塞ぐように、海斗はキスをした。一瞬、身を硬くした紗耶はしばらくじっと考えているようだったが、顔を上げた。ジャーナリストとしてではなく、一人の女性として海斗を見つめ、今度は自分から激しくキスをした。

「花火、きれいだったね……」

その頃、陽月はアパートで仏壇にある美咲の遺影に話しかけていた。

海斗はベッドの中で時計を見た。紗耶がぐっすり眠っているのを確認し、音を立てないようにベッドから抜け出した。

キッチンに移動し、高村に電話をかけた。

「どうでしたか？」

『指示通りの場所に伺いましたが、若林先生はいらっしゃいませんでした』

高村は言った。

「指定された時間に誰も来なかったということですか？」

『いえ。いらっしゃいました』

「では、誰が」

『大友先生です』

「大友先生？」

大きな声を上げてしまいそうになり、慌ててトーンを落とした。紗耶からタレコミの人物との待ち合わせの時間と場所を聞き出し、こっそり高村にメールをして、待ち合わせ場所に向かってもらった。高村が陰から見ていると、郁弥が現れたのだという。

『誰かを待っているご様子でした』

「……彼と、何か話しましたか？」

『何かとは』

「たとえば、朝比奈美咲の手術に関して」

『私は陰から見ていただけですので。朝比奈さんの手術で何かあったんですか？』

「いえ」

余計なことを言ってしまったと、自分を責めたくなる。

『何かあったならおっしゃってください』

「……何もありません。遅くにありがとうございました」

海斗は電話を切った。


電話をしている海斗に背を向けて寝ていた紗耶は、目を覚ましていた。


翌日、海斗は理事長室に郁弥を呼び出した。理事長の椅子に座って待っていると、ノックの音がして郁弥が入ってきた。

「ご用件は」

「おわかりでしょう？」

海斗は問い返した。

「新栄出版に匿名でメールしたのは、あなたですね。なじみの記者くらいほかにいるでしょう。なぜ、わざわざあそこに連絡したんですか」

「新栄出版に連絡をすれば、木下紗耶を介してあなたにも情報が入る。そうなればあなたか、あなたに近しい人物が現れると思いましてね。一連の隠ぺい工作にあなたが絡んでいるとすれば、ですが」

郁弥はいつも、海斗より一枚も二枚も上手だ。

「あのレントゲン写真をお持ちなんですか？」

「葬儀場での若林先生の挙動が気にかかったんです。あのとき、若林先生から朝比奈美咲の病理解剖を勧められたのではないですか？」

郁弥に図星を突かれた。美咲の火葬の前に若林に呼ばれ、話をしていたのを見られていたのだ。

「だがあなたは遺族にそれを伝えることなく、遺体は燃やされてしまった。その後、私も朝比奈美咲の手術記録のすべてを調べてみました」

郁弥はパソコンでレントゲン写真を確認した際に肺の落ち込みに気づいた。ダウンロードし、保存しておいたのだという。

「念のため、すべてのデータをオフラインで保存しておいたのが幸いしました」

郁弥の話を聞きながら、海斗の全身から血の気が引いていった。

「後日、データベースからレントゲン写真が消えていることに気づき、疑念は確信に変わった。朝比奈美咲の手術中に、医療過誤があったんですよね？　レントゲンに写された彼女の左肺はわずかに落ちており、気胸の可能性を示している。おそらくは、手術中にメスが肺に触れたのが原因でしょう。つまり、朝比奈美咲の死因は不測の心不全ではなく、気胸による呼吸不全の可能性が高い」

郁弥の推測は核心を突いていた。ほぼ事実だった。

「それを知ったあなたはレントゲンを削除し、岡田先生とも口裏を合わせた。そして若林先生も口止めし、真実を闇に葬ろうとした。すべては、自分の立場を守るために」

郁弥は話し続ける。

「あなたが個人的感情で私をプロジェクトから遠ざけ、成果を急いで手術を強行した結果、取り返しのつかない事態になりました」

「黙れ！」

追い詰められた海斗は叫んだ。

「これが明るみになれば、あなたも、この病院も、すべておしまいです。すべてを公表し、理事長の座を降りろ」

ずっと敬語で話していた郁弥が、いきなり命令口調になった。

「もはやおまえに、人の上に立つ資格はない」

強い視線で命令してくる郁弥を、海斗は睨《にら》みつけた。

9

海斗と郁弥は互いを射抜くように見ていた。

「好き勝手言ってくれましたが、証拠はあるんですか」

海斗は郁弥から目を逸らさずに言った。

「証拠？」

「あなたの持っているレントゲンが、本物だという証拠ですよ」

「……私が、写真を捏造《ねつぞう》したと？」

郁弥の彫りの深い顔に、さらに影が差す。

「あなたは私と理事長の座を争い、敗れた。花形のプロジェクトからも外され、岡田先生に名声を奪われ、さぞ屈辱だったでしょうね」

海斗は勝ち誇ったように郁弥を見る。

「だからあなたは悔し紛れに、私と岡田先生を陥れようとしているんだ。偽の証拠まで捏造して」

「……まだ嘘を重ねるつもりですか」

郁弥は呆れ顔で言った。

「仮にそのレントゲンが本物だったとしても、気胸が死因だったという証明にはなりません。病理解剖は行われなかったのですから」

海斗は自信に満ちた口調で言い切った。

「岡田先生や若林先生からも、手術に問題はなかったと報告を受けています。あなたの言っていることは、言いがかりにすぎません」

そこにノックの音がして、高村が入ってきた。

「理事長、次の理事会の資料を……」

言いかけたが、郁弥がいることに気づいて「失礼しました」と退室しようとした。

「かまいません。大友先生との話は終わりましたから」

海斗はきっぱりと言い、高村を呼び戻した。

「失礼します」

郁弥は目を伏せ、退室した。

「大友先生と、なんのお話をされていたのですか?」

入ってきた高村が尋ねてくる。

「大したことではないです」

「理事長、私にできることでしたら、なんでも力になりますから、おっしゃってください」

高村は声をかけたが、海斗は黙っていた。

「智信さんの分まであなたを支えるのが、私の役目ですから」

なおも言われ、海斗はしばし迷うが、きっぱりと言った。

「いえ、本当に、大丈夫です。ありがとうございます」

「……そうですか」

「それより、急用ができました。車を回してください」

「かしこまりました」

高村は手配をするため、部屋を出ていった。

出勤した紗耶は、心ここにあらずの状態だった。パソコンを開いたものの、原稿は一行も書いていない。

昨夜――。

紗耶がベッドで目を覚ますと、海斗の声が聞こえた。

「指定された時間に誰も来なかったということですか？」

どうやら電話をしているようだ、と気づいた。

「大友先生？　彼と、何か話しましたか？　たとえば、朝比奈美咲の手術に関して」

やはりタレコミの人物は大友郁弥？　いや、それよりも朝比奈美咲の手術には不審な点が？　そして追及をかわすために自分と寝たということなのか。

海斗が電話で話す声を聞きながら、紗耶の心臓はバクバクと音を立てていた。

あれからずっと、朝比奈美咲の手術と電話で口にしていた海斗の言葉が頭の中でぐるぐると回り、まったく仕事が手につかない。スマホを取り出して海斗の電話番号を呼び出すが、発信ボタンを押す勇気がなく、指は空中をさまよっていた。

「おい、木下！」

藪田に呼ばれ、ビクリとして手が止まった。

「はい」

「次の号の巻頭のネタが飛んだ。何かないか」

「いや、今はとくに……」

「こないだの天堂記念病院のタレコミが、ガセじゃなかったらな……。おまえ、前はガツガツネタ持ってきただろうが。その根性だけは買ってたんだがな」

「すみません……」

「手空いてんなら、これでもまとめとけ」

藪田は紗耶の机に資料をバサッと置いた。芸能人の熱愛や不倫ネタだ。紗耶はその資料を見つめていた。

「どうした？」

「私たちの仕事って、なんなんですかね」

「あ？」

「真実って、誰かを傷つけてまで、明らかにしなきゃいけないんでしょうか？」

真実を報道するために仕事をしていたはずだったが、今の紗耶は揺れていた。

「はあ？　知るか、ンなこと。いいから、まとめとけ」

「……はい」

藪田は自席に戻っていった。紗耶はあのタレコミのメールを開き、画面を見つめていた。


海斗は皇一郎のホテルを訪ね、郁弥の件を報告した。

「週刊誌へのタレコミ？　大友郁弥が、そんな手に出たか」

皇一郎は一人将棋を指しながら言った。

「はい。記者のほうはすでに対処しましたので、記事が出ることはありませんが……彼にこれ以上勝手な動きをされる前に、理事を解任すべきかと」

「そう結論を急ぐな」

皇一郎は盤上を眺めている。「将棋には、定跡《じょうせき》というものがある」

「はい」

「最善とされる指し方だ。しかし、闇雲に覚えたところで勝負には勝てん。肝要なのは、相手の出方を見極めたうえで指すこと。解任など、いつでもできる。今はまだ、ほどほどに泳がせておきなさい」

「……はい」

納得はできなかったが、頷いた。皇一郎は改めて海斗を見た。

「それよりも、手懐けた犬に噛まれぬように用心することだ」

言葉の意味がわからず、海斗は首をかしげた。

「証拠は、遺体と共に燃え尽きた。しかし、人の心は別だ。何をきっかけに、気持ちが変わるかわからんからな」

「……若林先生のことでしょうか。たしかに『医療過誤を疑いながらあえて病理解剖をしなかった』と証言されたら、まずいことになります」

「大友先生も、同じところに目をつけるだろうな」

郁弥は海斗よりも頭が切れる。そして行動が早い。

「ですが、すでに若林先生には、口外しないように指示してあります」

「確実か？」

「騒ぎ立てるようなら、しかるべき処分をすると言いました」

「それは、いかんな」

「え？」

「厳しくするばかりでは、人の心は掌握できんよ」

皇一郎は、盤上に目をやり、次の一手を指した。

＊

若林が小児科病棟の廊下を歩いていると、検査室の前で陽月と小児患者の花《はな》が話していた。

「私、手術したくない」

車椅子の花が、陽月に訴えている。

「どうして？」

「だって怖いよ。失敗するかもしれないもん……」

「そうだね、怖いよね。でも、大丈夫だよ。この病院には、すごいお医者さんがたくさんいるんだから」

陽月は花を勇気づけた。

「……じゃあ、頑張る」

「えらいえらい。よし、検査行っておいで」

陽月は笑顔で花を送り出す。そして、近くに立っていた若林に気づいた。

「若林先生」

「……あ」

若林が口を開きかけたとき、郁弥が歩いてきた。若林は口を閉ざし、会釈をして立ち去った。

「復帰したんだな。もう、大丈夫なのか？」

郁弥が陽月に声をかけた。

「うん」

陽月は短く頷き「じゃ」と、ナースステーションに戻っていった。

若林は廊下を曲がったところで葛藤していた。

「若林先生」

声をかけられて顔を上げると、海斗が立っていた。

「理事長」

「よかった。ちょうど、捜していたんですよ」

「え?」

また隠ぺい工作に巻き込まれたり、脅されたりするのかと身構えてしまう。

「今夜、お時間いただけますか?」

海斗はにこやかに言った。


夜、海斗に呼び出されたのは見るからに格式高い料亭だった。名前を告げると、女将が若林を案内し、個室の前で立ち止まった。

「こちらでございます」、若林に言い「若林様がお見えになりました」と中に声をかけながら、女将は襖を開けた。目に飛び込んできた光景に、若林はハッと息を呑んだ。海斗とにこやかに話しているのは若林の両親、義雄《よしお》と法子《のりこ》だ。

「親父、お袋、なんで……」

「若林先生！　お待ちしていましたよ。どうぞこちらに」

海斗が自分の隣の席を指した。

「おい、雄介。おまえ、なんで言わないんだ」

席に着いた若林に、ほろ酔いの義雄が声をかけてきた。

「なんのことだよ」

「すごい手術に関わってたんでしょ？　理事長先生から伺って、びっくりしたわよ」

法子も気持ちが高ぶっているようだ。

「若林先生は、先日行われた二件の手術で素晴らしい働きをしてくださいました。心臓血管外科プロジェクトは、彼なしでは進められませんでした」

海斗が空々しいことを口にする。

「こちらは、まもなく発表予定のプレスリリースです。ここに、若林先生も記載されています」

海斗はプリントアウトした記事を義雄と法子に渡した。プロジェクトメンバーの紹介欄に、若林の顔写真と紹介文が掲載されている。

「本当だ。ほら、ここに雄介がいるぞ」

「すごいわね」

両親は嬉しそうに記事をのぞき込み、海斗にありがとうございますと頭を下げている。

「当然のことですよ。若林先生は、このプロジェクトの重要なメンバーなのですから」

「りんご農家の倅《せがれ》が、医者になるとは。しかもこんな大きな病院で」

「この子は小さいときから、困った人を放っておけないんです。いじめられっ子を庇《かば》って、自分が怪我したこともあったんですよ」

二人は感極まっている。

「そんなふうにご子息が立派になられたのは、ご両親の支えがあってこそですよ」

「いえ、私たちは何も」

海斗の優しい言葉に、法子は謙遜しつつも実に嬉しそうだ。

「実は……もし若林先生さえよければ、次期センター次長に推薦させていただきたいと思っています」

「センター次長？」

声を上げたのは、義雄だ。

「非常に重要なポジションです。抜擢の人事です」

「大丈夫なのでしょうか？　こんな若輩者で……」

「天堂記念病院は、実力主義です。私は、ぜひ若林先生にお願いしたいんです」

「ありがとうございます」

「雄介、よかったね」

法子が笑いかけてきたが、若林は目の前で展開されている茶番劇に言葉を失っていた。

「若林先生には期待しています。これからも、天堂記念病院を共に支えてください。親御さんのためにも」

海斗は酒瓶を手に取り、若林に向き直った。若林は困惑しつつも、海斗の無言の圧に押されてグラスを差し出すしかなかった。


苦痛に満ちた会食がようやく終わった。若林は帰っていく両親を外まで見送りに出た。

「あんなにおいしいものをご馳走してもらっちゃって……。素敵な時間だったわ。理事長先生にお礼を伝えてね」

「若いのに立派な方だ。雄介、失礼のないように、しっかりやりなさい」

二人はこれまでに見たことがないほど頬を紅潮させて喜んでいる。

「わかってるよ」

若林は複雑な思いで二人を見送った。

個室に戻っていくと、海斗が一人で酒を飲んでいた。

「素敵なご両親ですね」

「……どうして、こんなことを」

若林は声を絞り出すように言った。

「私は、父が亡くなるまで、家族をないがしろにしていました。十年以上も連絡を絶ち、親孝行の一つもしなかった。ですから、若林先生には、ご両親を大切にしてほしいんです。若林先生の話をするときのお父様とお母様は、本当に嬉しそうでした。自慢の息子さんなんですね」

「……私は」

海斗はさっきからずっと空々しい言葉を並べている。

「センター次長の件の返事は、後日でかまいません。よく考えてみてください」

にこやかに言うと、最後に改めて強い視線で若林を見た。

「あなたとご家族にとっての、最善の選択を」

そして、黙っている若林を残して、帰っていった。

＊

紗耶は天堂記念病院の職員の出入り口を見張っていた。しばらくそうしていると、ようやく郁弥が出てきた。覚悟を決めて郁弥に駆け寄ろうとしたそのとき、紗耶のスマホが震えた。画面を見ると海斗からだ。通り過ぎていく郁弥とスマホの画面を交互に見ながら悩んだが、電話に出た。

「……もしもし」

紗耶は病院に背を向けて歩きだした。

海斗のマンションに来たものの、紗耶は玄関の前で迷っていた。と、ドアが開き、海斗が出てきた。

「どうしたんですか、急に」

「会いたくなった」

「え?」

「会いたくなったから、連絡したんだ」

海斗は少し脇に寄り、部屋に入るように促した。紗耶は胸に引っかかるものを感じながらも、部屋に入った。

アパートに帰ってきた陽月は、暗い部屋に明かりをつけた。少し前までは、人の気配と温もりがあった。だけど今、部屋は静まり返っている。

陽月は仏壇の前に座り、買ってきた菓子を供えた。

「美咲、ただいま」

写真の中の美咲に声をかけて手を合わせ、仏壇の前に置いてあった美咲のノートを手に取った。

海斗と紗耶は、ベッドに入っていた。紗耶は海斗の腕枕を拒絶して、背を向けてじっとしている。

「何かあったのか？」

海斗が尋ねる。

「……何かって、なんですか？」

「わかんないけど……今日、元気ないだろ」

「別に」

「この間のタレコミのこと、まだ気にしてるのか？」

海斗が自分から話題にしてきたので、紗耶はくるりと寝返りを打った。

「嘘じゃないですよね。先輩のこと、信じていいんですよね」

「ああ、信じてくれ」

海斗は紗耶をなだめるようにキスをした。

「水、取ってくる」

そして立ち上がり、キッチンへと向かった。ちょうどそのタイミングで、ベッドサイドに置かれた海斗のスマホが震えた。ふとスマホの表示を見ると陽月からのメッセージだ。

『明日、休みって聞いたんだけど、会えないかな。行きたいところがあって』

そのメッセージに釘づけになっていると、海斗が水を持って戻ってきた。海斗は紗耶に水を渡すと、スマホをチェックしてすぐに返信した。

「先輩」

「ん？」

「明日って何してますか？　一緒に映画行きません？」

わざと明日の予定を聞いてみた。

「明日？　明日は、ちょっと……」

「どうしてもダメですか？　先輩と一緒に観たいんです」

強引に迫ってみる。

「明日は、ほかの病院の先生がプロジェクトの視察に来るから、アテンドしないといけないんだ」

「そうですか。なら、仕方ないですね」

「今度、埋め合わせするから」

「はい」

傷ついた心を隠し、紗耶は頷いた。

＊

翌日、海斗と陽月は中華料理店に来ていた。

「本当に、ここでよかったの？」

陽月がラーメンと餃子が食べたいというので海斗の行きつけの店に連れてきたのだが、

ごく普通の町中華だ。

「うん。ありがとうね、付き合ってくれて」

「いや」

そこに、店員がラーメンを持ってきた。

「ラーメン大盛り二丁、お待たせしました！」

「え、大盛り頼んだの？」

海斗は驚いて声を上げる。陽月は大食いではなかったはずだ。

「そうだよ」

「あと、ライスと餃子です！　ごゆっくり！」

店員はライスと餃子も置いていった。

「ええ？　こんなに食うの？」

「うん」

陽月は気合いを入れるように、髪を結んだ。「いただきます」

「……いただきます」

いつもと違う陽月に圧倒されながら、海斗も食べ始めた。

「あー、お腹いっぱい」

「食べすぎたな」

二人は近くの公園のベンチでお腹をさすっていた。

「大盛りって、あんなに多いんだね。甘く見てた」

「どうしたんだよ？」

「え？」

「何か、あったんだろ？」

尋ねたが、陽月は黙っている。

「わかるよ、それくらい」

「……うん」

陽月は鞄からノートを取り出して、海斗に渡した。

「これ、美咲ちゃんの……」

「中、見てみて」

陽月に言われ、海斗はノートのページをめくった。

『元気になったら、ラーメン大盛りと、ライスと、ぎょうざも食べる』と書いてある。

「そこに書いてある、美咲のやりたかったこと……全部やろうと思って」

ほかにも、やりたいことがたくさん書いてある。

「でも大変なんだよ。あの子、こんなにいっぱい書いて」

「そっか。きっと、美咲ちゃんも喜ぶよ」

「どうかな。自分のためだから」

陽月はフッと寂しげに笑った。

「美咲がいなくなって……落ち込むより、自分にできることを精いっぱいやろうって決めた。実際、仕事に復帰してよかったって思ってる。でも家に帰ると、部屋が暗くて誰もいなくて。そのたびに、『ああ、もう美咲はいないんだな』って、思い知らされて……」

陽月は海斗が持っていたノートを手に取った。

「このノートを見ると、『美咲の分までちゃんとしなきゃ』って思えるから。これは、お守りみたいなものなんだ」

笑顔をつくる陽月を、海斗は思わず抱きしめた。

「無理して、笑わなくていいよ。陽月の本当の気持ち、俺には隠さないでよ」

「ありがとう」

陽月も両腕を海斗の背中に回した。海斗は腕の中の陽月の温もりを感じれば感じるほど、罪悪感が湧いてきた。本当の気持ちを隠しているのは、自分だというのに……。

紗耶は出勤し、自席で記事を書いていた。

つい先ほど、紗耶は偶然、中華料理店で海斗と陽月がラーメンを食べているのを見かけてしまった。紗耶と海斗が昼休みによく行っていた町中華の店だった。

親しげに目を合わせて笑い合う海斗と陽月の姿が浮かんできて、仕事がまったくはかどらない。海斗への個人的な感情は抜きにしても、あのタレコミ記事が真実だとしたら、海斗のやっていることを見過ごしていいわけがない。

「木下、客だぞ」

薮田が呼びに来た。

「はい、今行きます」

いったい誰だろうと思いつつ立ち上がった。

「おい、いつの間に、あんな色男つかまえたんだ?」

「え?」

編集部の入り口に向かうと、郁弥が立っていた。

夜、若林は妻の里奈《りな》と食卓を囲んでいた。里奈は妊娠後期で、かなりお腹が目立ってきた頃だ。

「どうしたの？」

里奈が尋ねてきた。

「え？　何が？」

「あんまり食べてないから……おいしくなかった？」

「そんなことないよ」

箸を動かそうとしたとき、スマホが鳴った。法子からだ。

「ごめん、お袋からだ」

若林は立ち上がり、廊下に出た。

『もしもし、雄介？　今大丈夫？』

「うん。何か用？」

『昨日、りんご送ったからね』

「え？　届いてないけど」

『あんたにじゃなくて、理事長さんに』

「え？」

『家に大層な贈り物をいただいてねえ。お礼したいんだけど、母さん、何お送りすればいいかわからなくて。それでりんごをね……お口に合うといいんだけど。雄介からも、よくお礼を言っておいてね』

あのときの会食だけでなく、海斗はさらに両親を取り込もうとしているようだ。

『お父さんったら、すっかり喜んじゃって。いただいた記事、コピーしてご近所中に配って回ってるのよ。それから、おばあちゃんと叔父さんがね……』

「ごめん、まだ仕事が残ってるんだ。また連絡するよ」

もうこれ以上、話したくはない。

『雄介、本当に立派になったね。母さん、本当に嬉しいわ。体に気をつけて……もうすぐパパになるんだし、頑張りなさいね』

電話を切る際、法子はそう言った。若林は電話を切ると、頭を抱えた。里奈には申し訳ないが、もう何も食べる気になれなかった。

*

海斗は理事長室の応接スペースで、岡田と話していた。

「患者の転院受け入れの依頼がありました。対応をお願いします」

「わかりました」

「よろしくお願いします」

そこにノックの音がして、若林がドアを開けた。

「失礼します」

「お待ちしていました」

海斗は中に入るよう促したが、若林は岡田を見てハッと表情を硬直させた。

「あの……」

「岡田先生にも、いていただいたほうがよいと思って。それで、お返事のほうは、いかがですか？」

「……私は……私でよろしければ、センター次長の件、お引き受けいたします」

「そうですか。よかった。嬉しいです」

これで若林を取り込むことができた。海斗は会心の笑みを浮かべた。

「よろしく……お願いします」

若林の顔はこわばっているが、もうこれで彼もこちら側だ。

「こちらこそ。若林先生には、期待していますよ」

「これからも、一緒に頑張っていきましょうね」

海斗と岡田が若林に向かって笑いかけたとき、海斗のスマホが震えた。画面を見た海斗の顔から、笑顔がスッと消えた。


屋上に出ていくと、郁弥が待っていた。

「なんの用ですか？」

海斗は不快感を露《あら》わに尋ねた。

「どうせ、例の手術の件でしょう。あまり度が過ぎるようなら、名誉毀損で訴えますよ」

「若林先生を、センター次長に昇進させると聞きました」

「ああ……よくご存じですね」

相変わらず情報をつかむのが早い郁弥が心底鬱陶《うっとう》しい。

「口封じ、というわけですか」

「また言いがかりですか。若林先生のプロジェクトへの貢献を考えれば、妥当な人事だと思いますが。手術を拒否したあなたとは違って」

精いっぱいの皮肉を込め、続けた。「先ほど、若林先生ご本人にも承諾いただきました」

「懐柔に抜かりはない、と。この病院のトップにふさわしい、見事な手腕ですね」

「これ以上、お話しすることはありません」

海斗は郁弥に背中を向け、歩きだした。

「この先もずっと、騙し続けるつもりですか？　陽月を」

郁弥の言葉に、海斗は自分で思っていたよりも動揺してしまい、足が止まった。

「……騙してなんかいませんよ」

「そうでしょうか？　医療過誤も、それを隠ぺいしたことも隠し、彼女の傷に寄り添うふりをして近づく。まるで詐欺師のやり方です。保身のためなら、陽月の心すらも踏みにじるんですね」

一番触れられたくない部分を突かれた。

「違う！　おまえと一緒にするな！」

海斗はムキになる。

「何が違うんですか？」

「俺は、本気で陽月を大事に思ってる。おまえさえ現れなければ……俺たちは幸せになるはずだったんだ！　今だって、俺は……俺はただ、陽月を守りたいだけだ」

言葉を紡ぐ海斗を、郁弥は冷めた目で見ていた。

「そのために、木下紗耶さんを利用したというわけですか」

淡々とした口調が、余計に胸に刺さる。

「私から医療過誤の話を聞けば、彼女は必ず記事を書く。そうさせないために、あなたは彼女の好意を利用した。自分に思いを寄せる女性を騙して、なんとも思わないんですか？」

「そんなの、あんたもやってきたことだろ。使える者は使う。この病院を守るためには、必要なことだ」

海斗は苛立ちを隠せなかった。

「そういうことだそうです、木下紗耶さん」

郁弥が声をかけると、紗耶が現れた。どうしてここに!? 海斗は愕然とする。

「木下……これは……違うんだ。これは……あいつが俺をはめようとして……わかってるだろ？ あいつがどういう奴か。信じてくれ」

どうにかこの場をやり過ごそうと、必死で弁解する。

「先輩、変わりましたね」

紗耶が海斗を見る目は、以前とは違っていた。

「私、先輩の馬鹿正直なところが好きだったんです。誰かを騙したり、裏切るようなことは絶対にしない。そういうところがほっとけないし、素敵だなって思ってました。でももう、あの頃の先輩はいないんですね。それとも、最初から私の見込み違いだったのかも……」

紗耶は階下に通じる扉のほうに歩きだした。海斗は呼び止める。

「木下、話を」

「すべて、記事にして公表します。朝比奈美咲さんの手術の医療過誤のこと。その事実を、あなたの指示で、病院ぐるみで隠ぺいしようとしたこと」

「木下！」

「ようやく、社会に影響を与えるような記事を書けそうです。ありがとうございます」

「ちょっと待てよ！」

海斗は立ち去ろうとする紗耶の腕をつかんだ。

「触らないで！」

紗耶はその手を激しく振り払う。全身で海斗を拒絶し、走り去った。

「彼女の記事が一石を投じ、天堂記念病院への疑惑は急速に広がっていくはずです。そうすれば、あなたが必死に閉ざそうとしていた口も開くでしょう」

郁弥の言葉を、海斗はぼんやりとした頭で聞いていた。

「もう、逃げられませんよ」

郁弥も海斗を残し、立ち去った。


屋上から勢いよく下りてきた紗耶は、誰もいない廊下の途中で立ち止まった。感情が堰《せき》を切ったように溢れ出し、堪えていた涙が頬を伝う。拭っても拭っても、涙が止まらない。紗耶は顔を両手で覆い、嗚咽を漏らした。

「あの……大丈夫ですか？」

声をかけられ、顔を上げると陽月だった。

「木下さん？　どうかしましたか？」

「……あなたは？」

「え？」

「あなたは、何をしてるんですか？」

「あの、おっしゃっている意味が……」

「妹さんは、医療過誤で亡くなったんですよ。なのに、何をされてるんですか？」

紗耶は泣きながら陽月に感情をぶつけた。

「……え？」

「大友先生に、病理解剖を勧められませんでしたか？」

紗耶が問いかけると、陽月はハッとしたように目を見開いた。

「大友先生は、医療過誤の可能性に気づいていたんです。だけど、その事実は隠ぺいされようとしています。天堂海斗によって」

「何言って……海斗がそんなこと、するわけない」

紗耶の言葉をすぐには受け入れられない。

「あの人、私と寝ましたよ。なんでかわかりますか？　都合の悪い記事を書かせないために、好きでもない私と寝たんですよ。それでもあの人のこと、信じられますか？」

紗耶は自虐的に言った。陽月がじれったい。陽月がうらやましい。感情がぐちゃぐちゃになっていた。

「でも、私も記者の端くれとして……このまま引き下がるつもりはありませんから」

最後にプライドを取り戻し、紗耶は歩きだした。陽月はまだ事態を呑み込めず、その背中を見つめていた。


理事長室に戻った海斗は、落ち着きなく部屋の中を歩き回りながら、紗耶に電話をかけた。紗耶は出ない。何度も何度もかけた。これまでは海斗が電話をかけるとすぐに出たのに、一向に出ない。

「くそっ……」

海斗は椅子を蹴り、デスクの上の書類を思いきりぶちまけた。

＊

夜、紗耶はほとんどの社員が帰った後も編集部に残り、猛然とキーボードを打っていた。

「木下？　おまえ、まだ残ってたのか」

編集部に入ってきた薮田が、紗耶の姿を見て驚きの声を上げた。

「次の巻頭特集、空けておいてください」

紗耶はパソコンに向かったまま言った。

「は？」

「どうしても、載せたい記事があるんです」

原稿を完成させるべく、紗耶は手を動かし続けた。

当直勤務の若林が廊下を歩いていると、スマホが鳴った。見覚えのない電話番号からだ。

「はい、若林です」

『週刊文潮の木下と申します』

まったく聞き覚えのない声だ。

「どうしてこの番号を……。ご用件は、なんですか」

『朝比奈美咲さんの手術における医療過誤について、お聞きしたいことが』

週刊誌記者の口から美咲の名前が出たことに驚きつつも、冷静に対処するよう、自分に言い聞かせた。

「取材なら、広報部にお願いします」

『直接お話ししたほうが、若林先生にとってもよいと思うのですが』

「……どういう意味ですか」

『私の手元に、彼女のレントゲンのデータがあります……と言えば、わかっていただけますか？』

「どうしてそれを……」

若林の全身から、さあっと血の気が引いていく。

『このままでいいんですか？』

いいとは思っていない。思っていなかった。だけど今は……。

『本当は、先生も苦しいのではありませんか？』

畳みかけられたが、若林は黙っていた。

『天堂海斗理事長に、口封じされているんですよね？』

そこまで情報が漏れていることに、若林はさらなる衝撃を受けた。

『今なら、まだ間に合います。真実を証言してください。そうでないと、あなたも罪に問われることになりますよ』

「……私は」

スマホを持つ手が震えてきた。

『本日21時に、浜山ビルの屋上でお待ちしています。もし来ていただけなかった場合は、記事とレントゲンを公表します』

若林は何も言えずにいたが、

『では、よろしくお願いします』

電話は切れてしまった。若林はスマホを手に、身動きができなくなっていた。まずいことになっている。若林は慌てて走りだした。

郁弥は病院の廊下を歩いていた。と、スマホにメッセージが着信した。

陽月からだった。


海斗が理事長席で考え込んでいると、若林がノックもなく駆け込んできた。

「理事長、大変です」

「どうしたんですか」

「『週刊文潮』の記者から電話があって……朝比奈美咲の手術の、医療過誤の件で、と」

「記者の名前は?」

「木下です」

「……無視してください」

今はそう言うしかなかった。

「できません。向こうは、レントゲンのデータを持っています! もし私が待ち合わせ場所に行かなかったら、それを公表すると……」

「ただの脅しですよ。レントゲンだけでは証拠にはならないから、あなたを動揺させて、証言を引き出そうとしているんです」

海斗は平静を装いながら若林に言い聞かせた。

「でも……このままでは、私も罪に問われると……！」

「落ち着いてください。呼び出された場所と、時間は？」

「今日の21時に、浜山ビルの屋上で……」

「わかりました。この件は、私が預かります。若林先生は忘れてください」

「ですが」

「いいですね？」

海斗は強い口調で言った。

「はい」

若林は不安げな表情のまま、理事長室を後にした。ドアが閉まるのを確認すると、海斗はすぐさま紗耶に電話をかけた。何度か呼び出し音が鳴っていたが、やがてピッと音がして、電話は切られてしまった。


約束した場所に郁弥が現れると、陽月は頭を下げた。

「急に、連絡してごめんなさい」

「それで、用件は」

郁弥の対応は、相変わらず冷静だ。

「美咲の死因のことで」

陽月から話題にすると、郁弥は少し驚いたような表情になった。

「『週刊文潮』の木下さんから、聞いたの。手術中の医療過誤を、病院が隠ぺいしようとしているって……本当なの？」

尋ねると、郁弥はしばらく考えてから、鞄からノートパソコンを取り出した。そして、二枚のレントゲンの画像を見せた。

「これが、美咲ちゃんが亡くなった直後に撮られたレントゲンだ。この部分に、わずかだが気胸の痕跡が見られる」

片方のレントゲン画像を指す。

「気胸……？　どうして」

「手術の際に電気メスで肺を傷つけ、それが原因で気胸が引き起こされて、死亡した可能性がある」

「だから、私に病理解剖を勧めたの？」

陽月は尋ねた。

「どうして？　あのときに言ってくれれば、私……」

強く言ってくれたら、陽月の出した結論も違ったはずだ。

「あのときはまだ、確証がなかった。葬儀の後、レントゲンのデータを見て確信したが、その直後にデータが改ざんされた」

「……改ざんって？」

「これが、今のデータベースに残されているレントゲンだ」

郁弥はもう片方のレントゲン画像を示した。「術前のものと差し替えられている。おそらくは、天堂海斗によって」

「……本当に、海斗が」

紗耶の告発がずっと心に引っかかっていた。海斗のことを信じたい、でも……。

「海斗が、美咲の死因をもみ消したの……？」

「医療過誤と隠ぺいの事実を、知っていたことは間違いない」

「……そんな……だって、海斗は」

海斗はお線香を上げに来てくれた。美咲の体をこれ以上傷つけたくないという陽月の気持ちは何も間違っていないと言ってくれた。一緒に花火もしてくれたし、陽月を抱きしめてくれた。

「……どうして」

陽月は、何を信じたらいいのかわからなくなった。

「……天堂記念病院は、ずっとそうだ」

「えっ？」

「このレントゲンだけでは……確実な証拠にはならない。医療過誤と隠ぺいを証明するには、証人が必要だ」

「……証人って？」

「若林先生だ。彼は医療過誤の可能性にいち早く気づいて、天堂海斗に病理解剖を勧めていた」

そういえば若林が、何度か自分に何かを伝えようとしていたことを陽月は思い出した。

「だが、今はおそらく、天堂海斗からの圧力で口止めされている。しかし『週刊文潮』に記事が出て、世間の疑惑が深まれば、彼の気持ちも変わるだろう。記事が出れば……天堂記念病院は終わりだ」

郁弥の言葉に、陽月は呆然とする。美咲の死の真相を知りたい。そして自分が今、忍び寄る巨大な黒い雲に呑み込まれようとしていることを自覚した。

海斗は理事長室で、そわそわしながら座っていた。

「ですので、今後の会食の日程は……」

先ほどから目の前で高村が仕事の予定を確認していたが、海斗の頭には何も入ってこなかった。心の乱れが抑えきれず、海斗は立ち上がった。

「理事長？」

「……ちょっと、出てきます」

「では、車を」

「いえ。一人で大丈夫です」

海斗は急ぎ足で理事長室を出てエレベーターに乗り込み、スマホを取り出して電話をかけた。

エレベーターを降りてロビーを歩いていると、正面から郁弥がやってきた。海斗は前だけを見つめ、急ぎ足で歩き続けた。郁弥が立ち止まって振り返る気配を感じたが、海斗は決して振り返らなかった。

若林は人の目のない廊下の隅で葛藤していた。仕事も手につかない。時計を見ると、時間が近づいていた。

紗耶は時計を見て立ち上がった。

「木下、例の記事はどうだ？」

編集部を出ようとしたところで、薮田に声をかけられた。

「今日中に出します」

「校了、23時までだからな」

「わかりました」

今から若林と会って、証言を得ることができればなんとか間に合う。紗耶はビルを出て、待たせていたタクシーに乗り込んだ。

「浜山ビルまでお願いします」

タクシーは出発したが、あいにく渋滞している。到着はギリギリになりそうだ。

「すいません。少し急いでもらってもいいですか？」

何個目かの信号で停車した際に、運転手に声をかけた。どうにか時間前にタクシーがビルに到着した。料金を払い、紗耶はすぐさまビルのエレベーターに乗った。

指定した屋上に向かい、若林の到着を待った。そろそろ来るはずだ。時計を確認したとき、誰かが屋上に入ってくる物音がした。紗耶は振り返り――。

翌朝、ビルの前の路上で、血まみれで倒れている紗耶が発見された。

10

海斗は理事長室の机に肘をつき、一点を見つめて座っていた。コンコン、とノックの音がし、高村が顔を出した。

「まもなく講演会のお時間です」

今日はこれから心臓血管外科プロジェクトについての講演会だ。海斗は立ち上がった。

陽月が院内を歩いていると、海斗が高村を従え、歩いてくるのが見えた。

陽月の頭の中に、昨夜、郁弥と交わした会話が蘇ってくる。

海斗が医療過誤と隠ぺいの事実を知っていたことは間違いない。郁弥はそう言っていた。陽月はすぐさま海斗に直接確かめようとしたが、郁弥は止めた。来週には『週刊文潮』から記事が出るから、それまでは無闇に動くべきじゃないと諭《さと》され、結局、海斗には確かめていない。

陽月は海斗をチラリと見た。海斗は陽月には目もくれず、真っすぐ前を見て歩いていった。

講演会場に入り、海斗は舞台袖で開始時間を待っていた。

「ずいぶん浮かない顔をしているな」

皇一郎が声をかけに来た。

「会長」

「これからの心臓血管外科を牽引《けんいん》していく病院の理事長がそんなことではいかん」

「申し訳ありません」

「何か気に病むことでもあるのか？」

皇一郎は何事もなかったかのように言う。海斗は言葉に詰まり、二人の間に長い沈黙が落ちた。

「いえ」

「なら、正々堂々前を向きなさい」

皇一郎の言葉に頷き、海斗は壇上に向かった。

拍手で迎えられた海斗は一礼し、マイクの前に立った。

「天堂記念病院で発足した心臓血管外科プロジェクトにおいて、冠動脈バイパス手術は既に何例にものぼり、そのいずれも成功に導いております。そして、いよいよ心臓血管外科を専門とした新病棟が竣工式《しゅんこうしき》を迎えます」

スクリーンに新病棟の完成予想図が表示された。

「この病棟が稼働すれば、国内だけでなく世界各国から患者を受け入れ、治療を行うことが可能となるでしょう。今後天堂記念病院では、心臓血管外科に精通した医師を国内外から集め、世界最高水準の医療環境を整えることで、我が国の心臓血管外科を牽引する病院となることをここに宣言します」

海斗は盛大な拍手に包まれながら晴れ晴れとした笑みを浮かべていた。客席には皇一郎もいて、満足げに海斗を見つめていた。

*

数日後、出勤してきた郁弥は、天堂記念病院の地下駐車場で『週刊文潮』を開いた。巻頭ページを見たが、載っていたのは別の記事だ。パラパラめくってみても、あの記事は見当たらない。目次を確認したが、「天堂記念病院」の文字はなかった。

陽月は『週刊文潮』の編集部を訪れた。紗耶を呼び出してもらい、会議室で待っていると、扉が開いた。入ってきたのは、男性だ。

「お待たせしました」

「あの……木下さんにお会いしたいんですが」

「すみません。木下の業務は、現在私が引き継いでまして」

男性は藪田と名乗った。

「ご用件は？」

「できれば直接お話しさせてもらえませんか？　彼女が取材していた天堂記念病院の件でお聞きしたいことがあるんです。今週号で掲載されるはずだった記事が掲載されてなくて」

陽月は紗耶の名刺を手に訴えたが、藪田は黙っている。

「木下さんはいらっしゃらないんでしょうか」

だんだんとじれてきて、強い口調になった。

「あの」

「木下は……亡くなりました」

「え」

あまりにも意外な言葉に、陽月は自分の耳を疑った。

「一週間前に」

あまり話したくないのか、藪田の口は重い。

「……どうして」

「自殺です。ビルの屋上から飛び降りて。遺書が残っていたので警察は自殺として処理しました」

「そんな……」

言いたいこと、聞きたいことはたくさんあるのに、言葉が出てこなかった。

「『週刊文潮』の件はどうなりましたか?」

理事長室に、若林が訪ねてきた。

「理事長が対応するとおっしゃってから一週間が経ちました。今週号では記事は出なかったようですが……」

「その件ならもう解決しました」

「え? どういうことでしょうか?」

「記事が出ることはない、ということです」

海斗は淡々と事実を述べた。

「しかし、あの木下という記者は記事を出すと断言していました」

納得できない若林は食い下がった。

「どのような手を使ったんですか」

「もう忘れてください」

海斗はピシャリと言い放った。

「大丈夫です。若林先生は大きく構えていればいいんです」

もうこの話は終わりだ。海斗は若林から目を逸らし、書類に視線を落とした。


病院の廊下で、郁弥は陽月から電話を受けていた。

「自殺？　木下紗耶が？」

『うん、一週間前に』

「一週間……」

『亡くなったその日、私、彼女と会ったの』

その日なら、郁弥も紗耶に会った。郁弥と紗耶が結託し、海斗を屋上に呼び出した日だ。

『たしかに冷静じゃなかったけど』

陽月が紗耶と会ったというのなら、院内でだろう。紗耶が海斗に騙されていたと知り、医療過誤の記事を書くと断言して帰っていったときだ。

『……本当に自殺だったのかな』

陽月は疑問を口にした。

『だって、あまりにもタイミングが……。まさかと思うけど、彼女に記事を書かせないために……』

郁弥だって、そう思っている。

『ごめん、なんでもない』

「木下紗耶については、俺も調べてみる」

郁弥は電話を切った。これからどうすべきかと歩いていると、若林が前方から歩いてきた。若林は郁弥に気づくと怯えたような表情になり、踵《きびす》を返して去っていった。

陽月は、理事長室の前で迷っていた。だが美咲のためにも、そして真相を突き止めるためにも心を決め、ノックをしてドアを開けた。海斗は陽月を見て、一瞬、驚きの表情を浮かべた。

「……ごめん、急に」

「いや、少しなら大丈夫。どうした？」

「新栄出版に行ってきた」

「え」

「木下さんに会いに」

陽月が言うと、海斗はしばらく黙った。そしてゆっくりと口を開いた。

「驚いたよ。今でも信じられない」

深刻そうに言うが、心を感じられない。

「……木下さんが亡くなった日、私、彼女と会ってたの」

「えっ？」

「美咲の手術で……医療過誤があったって聞いた」

陽月は思い切って言った。

「それを、海斗が隠ぺいしたことも。それを知った彼女を懐柔するために、彼女の……

海斗への気持ちを利用したことも」

「なんの話だよ」

海斗は顔をしかめた。

「ごまかさないで」

陽月は海斗から目を逸らさずに続けた。

「木下さんはこの件を全部記事にするつもりだった。だけど、記事を出す前に亡くなった。信じたくない、信じたくないよ。だけど……」

「どうして俺が木下を殺さなくちゃいけないいんだよ」

海斗が陽月を遮った。

「少し落ち着こう、な」

「なんで海斗は落ち着いていられるの?」

そもそも、陽月は海斗の態度に違和感があった。

「取り乱したって、あいつが生き返るわけじゃないだろ。俺だってよくわからない……でも、誰にだって、人には言えない苦しみがあるだろ」

自分の後輩が、しかも関係を持った相手が亡くなったのに、なぜこんなに他人事のように言えるのだろう。

「たしかに今、病院内で美咲ちゃんの手術に関して妙な噂が広がっている。木下がその噂を聞きつけて記事を書こうとしていたのも事実だ。だけど、すべては憶測に過ぎない。この病院の権力争いは今でも続いてる。外部から来た岡田先生や医師でもない俺が病院の中枢にいることを妬んで、貶《おとし》めようとしている人たちがいるんだ」

海斗は一気に言った。

「木下がこの件を追っていたことは他言しないでほしい」

「え……」

「このままじゃ美咲ちゃんだけじゃなくて、木下の死まで権力争いに利用されかねない」

海斗は理由を並べて説得しようとするが、陽月は納得できない。

「理事長。新病棟プロジェクトの件でお客様がお見えです」

ノックの音と同時に、高村が入ってきた。

「わかりました」

海斗が返事をするのを聞き、陽月は高村と入れ替わるように理事長室を後にした。


海斗への疑念が晴れない陽月は、屋上で郁弥と落ち合った。

「仮に木下紗耶を殺したのが天堂海斗だったとしても、証拠がない以上、口を割ることはないだろう」

「わかってる、だけど……」

一瞬ためらったが、陽月は郁弥を見つめて言う。

「……もし本当に海斗が木下さんの死にまで関わっているんだとしたら……もう、私たちだけの問題じゃない。ここで止めないと」

そして、止めるだけじゃない。

「このまま終わらせちゃいけない」

陽月は決意の表情で言った。すると、呼応するかのように郁弥が口を開く。

「……理事会を開こう」

「えっ？」

「理事たちの前で医療過誤と隠ぺいについて、天堂海斗を問い詰める」

「けど、証拠がないと結局かわされるだけじゃ」

「……若林先生」

郁弥はつぶやいた。

「おそらく彼はまだ、木下紗耶の死を知らない。今は天堂海斗に口封じされているが、事件を追っていた記者が亡くなったと知れば、気持ちも変わるかもしれない」

郁弥は屋上からの景色を見ながら、決意したように言った。

「若林先生に理事会で証言してもらい、天堂海斗の逃げ場をなくす」

その目には、強い意志が宿っていた。

陽月はその夜、若林の家を訪ねた。

「なんの御用ですか」

玄関のドアを開けた若林は、陽月の顔を見て怪訝そうに顔をしかめた。

「突然申し訳ありません。少しお話しできませんか」

「……すみません」

若林は家の中を気にしながら、ドアを閉めようとした。

「話をさせてください！　お願いします！」

陽月はあえて大きな声で言った。

「どうしたの？」

中から若林の妻、里奈が顔を出した。

「いや、なんでもないよ」

若林は観念し、外で話しましょう、と出てきた。

マンション外の駐車場に出てきて向かい合うと、陽月は単刀直入に切り出した。

「妹の、朝比奈美咲の手術に関して、若林先生はどうお考えですか」

「どう、というのは」

若林は陽月の目を見ようとしない。

「ある人から医療過誤の可能性があると聞きました。そして、それを病院側が隠ぺいしたことも。若林先生もこの件を誰にも話さないよう、口止めされているんですよね？」

陽月は若林に迫る。

「誰から聞いたんですか」

「明日、午後一時から緊急の理事会が開かれます。その場で、美咲の医療過誤と隠ぺいの疑惑を理事の皆さんに告発します」

「え……」

「若林先生にもその場で、証言していただきたいんです」

陽月はそのために今、こうして自宅にまで押しかけたのだ。

「……そんなことできるわけないでしょう。実際、医療過誤なんてなかったんですから」

「人が死んでるんです」

陽月は真っすぐに若林を見た。

「ですから、美咲さんの死は」

「美咲だけじゃありません」

「えっ?」

「『週刊文潮』の木下紗耶さんが亡くなりました」

若林は動揺している。やはり知らなかったようだ。

「屋上から飛び降りたそうです、一週間前に」

「……一週間前」

若林の顔から血の気が引いていく。

「警察は自殺として処理しました」

「理事長に聞いたときはそんなこと……」

「やっぱりご存じだったんですね。木下さんのこと」

陽月は指摘した。

「彼女からこの件について取材の依頼を受けていたんですよね?」

陽月は畳みかけるが、若林は何も言わない。

「やっぱりそうなんですね」

無言の若林にさらに迫る。

「本当に自殺だったのか、真相はわかりません。だけど、このまま隠ぺいを続ければ、また新たな被害者が出るかもしれない。それだけは、止めないと……」

若林は表情を失っていた。

「若林先生！」

「どうして……こんなことに……」

若林はもう立っているのもやっとという状態だった。

「医師の皆さんは手術に全力を尽くしたと信じています。たとえ医療過誤があったとしても、それ自体を恨むことはしません。ただ、それを隠そうとしているなら、隠したまま前に進もうとしているなら、それは間違っています」

陽月は強い視線で若林を見据えた。

「……私にも家族がいました。彼女はまだ十二歳でした。これからの人生でやりたいことがたくさんありました。若林先生はこれから生まれてくるお子さんに胸を張れることをしていますか」

若林は放心状態だ。

「答えてください！　若林先生！」

「手術にミスはなかった」

この期に及んでも、まだそんなことを口にする若林に陽月が失望していると、若林は再び口を開いた。

「……そう思っていました」

喉の奥から押し出すように言う。

「術後にレントゲンを見て肺の影に気づいた私は、まず岡田先生に報告しました。しかし取り合っていただけず……その後、私は……医療過誤の可能性を指摘したうえで、遺体が焼かれる前に、たしかに……病理解剖を提案しました」

「それは、誰にですか」

「……天堂理事長です」

わかってはいたことだけれど、陽月は改めてショックを受けた。

「だけど、聞き入れてはいただけなかった。その後、レントゲンはデータベースから削除され、自身の出世と引き換えに黙っているよう言われました。それでも証言するようならしかるべき処分を下すと。理事長に脅され、ほだされ、言いなりになっていたんです。私は、私は……」

若林は地面に膝をつき、土下座した。

「申し訳ありません！　本当に、申し訳ありません！」

「……ありがとうございます」

陽月は穏やかな口調で言った。「一人で抱え続け、本当に苦しかったことと思います。

これ以上、若林先生が苦しむことはありません。今の話を、明日の理事会でしていただけますか。もう、終わりにしましょう」

若林は、陽月を見上げている。

「医師として、父親として後悔しない選択をしてください。お願いします」

陽月は祈りを込め、深く頭を下げた。


それほど長い時間ではなかったはずだが、話を終えて帰宅した若林は異様な疲労感に襲われ、背中に嫌な汗をかいていた。寝室をのぞくと、里奈はすでに眠っていた。その横には、生まれてくる子どものためのベビーベッドが置いてある。

しばらく見つめていた若林は、床に崩れ落ちた。


アパートに帰った陽月は、郁弥に電話をかけた。

「若林先生、理事会で証言してくれるって」

『そうか』

郁弥は小さく頷いた。

「これで全部終わるんだよね」

『ああ、明日の理事会ですべてを明らかにする。決着をつけよう』

「……うん」

陽月は美咲の遺影を見つめながら頷いた。

編集部にいた薮田は紗耶の机を整理しようと引き出しを開けた。と、そこにはプリントアウトした原稿が入っていた。タイトルを見て目を見張り、夢中になって読み始めた。

＊

翌朝、若林は出勤の準備をしていた。

「すごいよ。さっきからずっとお腹蹴ってくる。きっとパパが出かけるのが寂しいんだね～」

玄関先まで出てきた里奈は笑顔でお腹をさすっている。

「ああ」

昨夜はほとんど眠れず、若林はぼんやりしていた。

「……大丈夫？」

首をかしげている里奈を、若林は思わず抱きしめた。

「行ってきます」

若林は重い気持ちを引きずりながら家を出た。


会議室には、郁弥を含め理事たちが揃っていた。その中に、陽月も出席していた。場違いな空気に、陽月は緊張していた。

「皆様、突然の招集にもかかわらずお集まりいただきありがとうございます」

進行役は小笠原だ。

「あとは理事長だけですね」

小笠原は理事長席を見た。

「美咲さんの手術の件で朝比奈さんからお話があるそうですが、いったいどんな内容なんでしょうか」

小笠原の隣の席にいる理事が、着席した小笠原に尋ねている。陽月は先ほどから何度も時計を見て時間を気にしていた。会議の開始時間が迫っているが、海斗も若林も現れない。陽月がそわそわと郁弥を見ると、郁弥も陽月を見返した。陽月はスマホを手に、廊下に出た。

若林に電話をかけたが、留守番電話のメッセージが流れる。

「若林先生、今どちらにいらっしゃいますか？　これ聞いたら折り返しください」

メッセージを残して電話を切ったとき、ちょうど海斗が現れた。陽月のことなど視界に入っていないかのように、会議室に入っていく。陽月も海斗に続いた。郁弥と目が合ったので、若林と連絡がつかなかったことを伝えるために首を横に振った。

「それでは、時間となりましたので、緊急の理事会を始めたいと思います」

小笠原が立ち上がった。

「本日は、心臓血管外科プロジェクトの第一例目として手術を受けた朝比奈美咲さんに関して、遺族である看護師の朝比奈さんからお話があると大友先生より伺っております。よろしいでしょうか」

「はい」

陽月は消え入りそうな声で頷いた。

「では、お願いいたします」

小笠原に促されて陽月は立ち上がり、一歩前に出た。

「看護師の朝比奈です」

理事たちに一礼し、続けた。

「心臓血管外科プロジェクトの第一例目として手術を行った朝比奈美咲は私の妹でした。美咲が術後間もなく亡くなったことは皆様も承知のことと思います。それが不測の心不全として処理されたことも。しかし……真実はそうではない、と私は思っております」

陽月の発言に、理事たちはざわついた。海斗はじっと聞いている。

「どういうことですか」

理事の望月が声を上げた。

「美咲の死は、手術中に肺を傷つけたことによって生じた気胸が原因かもしれません。そして、隠ぺいが図られた可能性があります、天堂理事長によって」

自分の声と表情がこわばっているのを感じながらも、陽月ははっきりと言った。

「今の話は事実なんでしょうか」

小笠原は海斗を見た。「理事長、お答えください」

「……身に覚えがありません」

海斗がゆっくりと口を開いた。「いきなり気胸だの隠ぺいだのと言われましても……現場からそういった報告も受けておりませんし……」

「証人ならいます。美咲の担当医の一人だった若林先生が、本日この場で証言すると約束をしてくださいました」

陽月の言葉に、海斗は目を見開いた。理事たちも再びざわめきだした。

「それで、若林先生は今どちらに」

小笠原が陽月に尋ねた。

「現在、こちらに向かっているはずです」

「はず、というのは？」

海斗がすかさず指摘した。

「医局のほうにも問い合わせております。もう少しだけお待ちいただけますか」

「本当にいらっしゃるのですか？」

海斗は詰問するように言う。

「理事の皆さんも時間を工面したうえでお集まりになっています。いつまでも待つことはできません」

「必ずいらっしゃいます。そして、若林先生の証言を聞いたうえで天堂理事長には、真実をお話ししていただきたいと思っております」

そのとき、扉が開いた。会議室にいた全員の視線が、入ってくる人物に集まった。

「岡田先生？」

陽月の期待は打ち砕かれた。

「若林先生が理事会に呼ばれていると、医局から連絡を受けまして」

岡田が言うと、陽月がたまらず問いかける。

「若林先生は？」

「彼なら、センター次長としてプロジェクトに関連したカンファレンスに参加しています。ですので、本日はご出勤されておりません」

「そんな……だって、今日の理事会に来ていただけるって」

「そのようなことはおっしゃっていませんでしたが」

岡田が言うと、海斗が待っていたかのように口を開いた。

「若林先生の証言はないということでしょうか。だとすれば、お二人の話はあまりに信憑性に欠きます。もちろん朝比奈さんがおっしゃった通り、美咲さんの手術において医療過誤があったとすれば徹底的に真実を追及する必要があるでしょう。が、現状は議論のしようもありません」

「……ですが」

陽月は食い下がった。

「では、執刀医だった岡田先生に証言していただきますか？　岡田先生、医師としてどうか正直にお話しください。朝比奈美咲さんの手術において医療過誤はあったのでしょうか」

「朝比奈さん」

岡田はいたわるような目で、陽月を見た。

「遺族として患者の死を受け入れるのに時間がかかることは理解できます。ただ、証言もなしに理事の皆様の前で私や理事長を吊《つる》し上げるというやり方はいかがなものでしょう。結果として妹さんを救えなかった私たちを恨み、貶めたいのでしょうが……決して褒められた行為ではないかと思います」

「違います、私はそんな……」

「こんなことをして、亡くなった妹さんが喜ぶと思いますか？　私と理事長の名誉のためにも、この場で改めて理事の皆様にご報告いたします。手術に一切のミスはありませんでした。朝比奈美咲さんは不測の心不全によって亡くなった。それ以上でもそれ以下でもございません」

岡田は堂々と言い放った。

「お二人、何かありますか？」

海斗は陽月と郁弥を見たが、二人とも言葉が出てこない。

「では、今日はここまでにしましょう。もし再度話し合う必要が出てきたら、重大な事案です。どうぞ気兼ねなくお声がけください」

海斗はそう言って小笠原を見た。

「……では以上とします」

会議は終了し、医師たちが次々と立ち上がった。

海斗は岡田と理事長室で話していた。

「若林先生の自宅まで直談判に行ったようですね」

岡田が言うと、海斗は答える。

「ですが、結局証言することはなかった。彼なりに何を守るべきか考え、思い直してくれたのでしょう」

「これ以上、彼が遺族と接触しないよう、私のほうでも注意を払っておきます」

「ありがとうございます」

海斗が礼を言うと、ノックの音がして陽月が入ってきた。岡田はそのまま出ていった。

「また脅したの？」

陽月は猜疑心《さいぎしん》に満ちた目で海斗を見ている。

「なんの話だよ」

「若林先生に、証言したらしかるべき処分をするって」

「そんなことするはずないだろ……」

「若林先生言ってたの。たしかに病理解剖を勧めたって。なのに海斗が、それを私に伝えようとしなかったって」

真っ向から事実を突きつけられ、海斗は何も言えずにいた。

「なんで黙ってるの？　どうして本当のことを言ってくれないの？」

「陽月のやり方は間違ってる」

「え？」

「患者の命を救えなかった医師の心の負担は計り知れない。そうやって強い口調で何度も迫られたら、本当に自分がやったんじゃないかと思い込む」

「……私が若林先生に無理やり言わせたってこと？」

陽月は感情を露わにした。

「そんな……そんなわけない！　私は！」

「もうやめてくれ！」

海斗も感情にまかせて声を上げた。

「理事会にまで出てきて、そうやってあることないこと言われたら、嫌でも院内の足並みは乱れる。プロジェクトにも影響をもたらす。この先救えるはずの命が救えなくなる。こんなことといくら続けても、美咲ちゃんが生き返るわけじゃない。美咲ちゃんは死んだんだ。もう戻ってこないんだよ！」

海斗が言葉をぶつけると、陽月は怯えたような、怒りを堪えているような、さまざまな感情が入り混じった表情になった。

「何を守ろうとしてるの？　真実を歪めてまで……」

そしてその目は、海斗を憐れんでいるようでもあった。

「……その椅子に座り続けることがそんなに大事？」

陽月は、理事長の椅子に深く座っている海斗を見ている。

「海斗、ずっと苦しそうだよ……」

「もう帰ってくれ！」

海斗は机を叩き、立ち上がった。陽月は言葉を探している様子だったが、そのまま去っていった。海斗は崩れるように、椅子に座り込んだ。

若林は自宅のリビングにいた。自分一人ではどうにもならない運命の渦に巻き込まれ、抗《あらが》うことができずに流されている。若林はソファに沈み込んだまま、動けなかった。

「もうすぐご飯できるからね」

里奈が様子のおかしい若林を気にしてキッチンから顔を出したが、若林は返事をすることもできずにいた。

海斗は高村と共に智信の墓にやってきた。墓の前に立っているうちに、次第に涙が溢れてきた。

気がついたら、とんでもないことになっていた。引き返せないところに来てしまった。どこで間違えたのだろう。自分はいったいどこへ向かっているのだろう。

高村は涙を流す海斗の背後で、その胸中を察するように、静かに立っていた。


陽月は佐奈江に退職届を出した。

「考え直すのは、難しいよね」

慰留する佐奈江のそばで、栞や安香も何か言いたげな表情で陽月を見ている。

「もう、決めましたので。お世話になりました」

陽月は一礼し、ナースステーションを出て歩きだした。そこに、郁弥が厳しい表情で歩いてきた。

「まだ、終わりじゃない」

「……けど、もう」

「終わらせるべきじゃない」

郁弥は有無を言わさぬ口調で言った。

＊

翌日、海斗は皇一郎の暮らすホテルに来ていた。

「理事会で糾弾するとは……大友先生も遺族もなかなか思い切ったな」

皇一郎は感心したような、どこか面白がるような口調で言う。

「彼らがいくら叫ぼうと、実際に現場にいた若林先生の証言がなければ話になりません」

海斗はきっぱりと主張した。

「足元を固めておいて正解だったろう？」

「ええ。ただこの先も彼らに騒がれ続けると何かと面倒だと思いまして、一つ策を考えました」

「言ってみなさい」

「医師として大変優秀ですので惜しくはありますが、大友先生には天堂記念病院を去っていただきます。そうすれば遺族も心の支えをなくし、口を閉ざすかと」

一晩考え、決断したことを伝えた。

「ほう」

「知人の病院で心臓血管外科の医師が不足しています。彼にはそちらに移っていただこうかと。先方とはすでに話をつけておりまして、彼に見合うポストも用意していただきました」

「理事に一人欠員が出てしまうが」

「そこには岡田先生を推薦するつもりです」

「ますます自らの体制を盤石《ばんじゃく》にするということか」

「本日の理事会にて、さっそく解任に関する動議を出します。そこで、可能であれば会長にも来ていただけないでしょうか」

「私が？　なぜだ」

「理事の解任には理事会で過半数の賛同を得る必要があります。ただ、なにぶん突然の話ですので、いくらポストを用意したといっても解任に理解を示さない理事もいることでしょう。それでも会長の後押しがあれば……」

これも、考え抜いた末の策だ。

「……見違えたな」

皇一郎は皺に覆われた目を見開いた。

「はい？」

「綺麗事ばかり吐いていたおまえはもういない。人間の最も強い欲とは、なんだと思う？」

皇一郎は問いかけてきたが、自分ですぐに答えを口にした。

「それは、保身という欲だ。何かを得たいという欲よりも、得たものを失うことを人は最も恐れるものなのだよ。権力を得れば得るほどその欲は色濃くなる。なんとしてでも今の立場を守りたいという欲が、おまえをどこまでも駆り立てる」

天堂記念病院の院長を務め、退いた後も会長として絶対的な発言権を持つ皇一郎ならではの哲学だ。

「理事会に顔を出そう。おまえのその欲を満たしてやろうではないか」

「ありがとうございます」

海斗は丁寧に頭を下げた。

理事会当日――。

理事たちが揃ったところに、皇一郎が綾乃を連れてゆっくりと会議室に入ってきた。全員が立ち上がり、恭《うやうや》しく一礼した。郁弥も同じように礼をする。

「それでは、定例理事会を始めさせていただきます。本日の議題としてまず天堂理事長より、大友理事の解任についてご提案をいただいておりますが、お間違いないでしょうか」

小笠原が海斗を見た。

「非常に残念ではありますが、心臓血管外科医が不足している病院から要請があり、そちらに転院いただくための措置です」

「会長も、それでよろしいですか」

「これまでこの病院に尽くしてくれたこと、感謝する」

皇一郎は郁弥に言い渡した。「そのうえで、理事長の提案を認めよう。後任の岡田先生にも大友先生同様の働きを期待する」

皇一郎に言われ、岡田が立ち上がって一礼した。

「よろしいでしょうか」

郁弥が発言権を求め、小笠原を見て手を挙げた。

「どうされました？」

「最後に皆様にお話ししたいことがございます」

郁弥は立ち上がり、理事たちを見渡した。「私がこの病院を去れば、遺族を含め真実を追う者はいなくなるでしょう。すべてが闇に葬られるその前に、私からもいま一度問いただします。朝比奈美咲さんの手術における医療過誤とその隠ぺいについて」

「先日の理事会でもご遺族の方から同様の話がなされたと聞いているが」

皇一郎は面倒くさそうに眉をひそめた。

「このまま、終わりにすることはできません」

「去りゆく人間一人にそう時間は割けませんよ」

「私一人ではありません」

扉が開き、陽月が、そしてその後ろから若林が入ってきた。その光景に海斗は驚きを隠せない。

「若林先生……」

岡田も目を見張った。

「ようやく、すべての状況が整いました。若林先生、証言の準備はよろしいでしょうか」

「はい」

「お待ちください！」

岡田が立ち上がろうとすると、小笠原が「静粛に願います！」と遮った。

「皆様、もうしばらくお時間を頂戴できますでしょうか。会長も、ご多忙のことと思いますが……ここは若林先生の話をお聞きいただきたい」

小笠原はそう言うと、「若林先生」と促した。若林は一歩前に出た。

「小児科の若林です。……私は医師として、ここにいる皆様に比べれば大した実績もない若輩者です。それでもこれまで、一人ひとりの患者に、真っすぐに向き合ってきたという自負だけはあります」

若林の言葉を、海斗と岡田を含めた全員が黙って聞いていた。苦い表情を浮かべている理事も、驚きの表情を浮かべている理事もいる。

「未熟だからこそ、正直に、誠実に、患者に尽くすべきだと。それなのに、私は、進むべき道をいつの間にか踏み外していました」

うつむいていた若林だが、何かを断ち切るように、顔を上げた。

「これ以上、朝比奈美咲さんの遺族や現場で闘うすべての医療関係者、そして私の家族を裏切るような真似はできません」

「裏切る、とは？」

郁弥が促すように尋ねた。

「……朝比奈美咲さんが亡くなったのは不測の心不全ではなく、手術中の医療過誤が原因であったと私は考えます」

理事たちから驚きの声が漏れた。

「そして私はそのミスの可能性を把握していながら、その隠ぺいに加担しました。到底、許される行為ではありません。本当に申し訳ございません」

「その隠ぺいは、誰に指示されたのでしょうか」

郁弥が再び尋ねた。

「……天堂理事長です」

若林の発言に、理事会議室内は一瞬、時間が止まったかのように静まり返った。海斗だけではなく、陽月や皇一郎も息を呑む。沈黙の中、それぞれの思いが交錯していた。

11

重苦しい空気の中、小笠原は海斗に向き直った。

「理事長、今の話は事実でしょうか」

「……私は」

海斗が口を開きかけたが、

「万が一これが事実であるなら、到底許される話ではない。この事件に関わった者すべてにしかるべき処分を下す必要がある」

皇一郎が海斗を押しのけるように語りだした。

「少し時間をいただこう。私が直接、理事長に事実確認を行い、後日改めて報告の場を設ける。異論のある者はいるか？」

皇一郎が理事たちを見回した。誰も発言できずに互いの様子をうかがっていたが、小笠原が手を挙げた。

「この話は以前にも遺族の朝比奈さんからなされました。しかも今回は、現場に居合わせた若林先生まで証言されています。我々も理事としてこの病院に籍を置く以上、この状況を看過することはできません。ぜひともこの場で白黒ハッキリさせていただきたい」

小笠原がきっぱりと言い切ると、理事たちの視線が皇一郎に集まった。

「いいだろう」

皇一郎は鷹揚《おうよう》に頷いた。

「理事長」

そして海斗に呼びかけ、命じた。

「包み隠さず真実を話しなさい。よいな?」

海斗の表情が引きつる。小笠原も海斗を見る。

「では、もう一度お聞きします。朝比奈美咲さんの手術において医療過誤と、その隠ぺいはあったんですか」

小笠原が海斗に問いただすと、理事たちの視線も集まった。

「若林先生、そして先日の朝比奈さんの証言は真実なんですか」

小笠原が畳みかけたが、海斗は考え込んでいる。

「理事長！　お答えください！」

我慢しきれなくなったのか、望月も声を上げた。海斗は覚悟を決めて立ち上がり、話し始めた。

「先日の朝比奈さんの告発、そして今の若林先生の証言は……すべて事実です」

「理事長！」

岡田が焦りの表情を浮かべ、椅子を倒す勢いで立ち上がった。

「私は医療過誤の可能性があると知りながら、遺族に病理解剖を提案しませんでした。そして、証拠となり得るレントゲンを削除し、医師たちの口止めも図りました」

海斗が真実を話すと、岡田は力なく座り込んだ。

「すべては自らの保身のため……医療過誤の可能性から目を背け、隠ぺいし、理事長という立場やプロジェクトの成果を優先してしまいました。誠に申し訳ございませんでした」

海斗は体を二つ折りにするようにして、深く頭を下げた。会議室内の空気は凍りついていた。

「……なんということだ」

沈黙を破ったのは皇一郎だ。

「医療とは病院と患者の信頼関係によって成り立つ。おまえはそれを踏みにじった」

「……申し訳ございません」

海斗は頭を下げ続けた。

「ご遺族の方」

皇一郎は陽月を見た。

「はい」

「謝って許される問題ではないでしょう。今後は私が先頭に立ち、誠意ある対応をさせていただきます」

謝罪の姿勢を示しながらも、皇一郎はすぐに話の方向性を変えた。

「ただ、これが表沙汰になれば今度こそ天堂記念病院の信頼は地に落ち、その経営が立ち行かなくなる。ここで働く何百人という人間が職を失い、入院してる患者も皆、行き場を失うでしょう。この問題を公にどう扱うべきか、その点については検討する時間をいただけませんか」

「私は、関与した方々が真実と向き合い、二度とこのようなことが繰り返されなければ……」

「慈悲深いご配慮、心より感謝いたします」

皇一郎は陽月の言葉を聞き、頭を下げた。

「天堂海斗」

そしてまた海斗に向き直った。

「おまえは理事長の座から退き、病院を去れ。いいな？」

厳しい顔つきで言い渡した。

「……はい」

海斗が頷いたタイミングで、これまでずっと黙っていた郁弥が声を上げた。

「理事長」

郁弥は海斗を呼び、立ち上がった。

「最後にお聞きしたいことが。私が最後にデータベースでレントゲンを確認したのは葬儀の三日後の十八時。削除されていることに気づいたのが同じ日の二十一時頃でした。つまりあなたはその間にレントゲンを削除した。その認識で間違いありませんね？」

郁弥は海斗に鋭く切り込んだ。

「はい」

「では、その間あなたはどちらにいらっしゃいましたか」

「その時間は、会食をしておりました」

「どなたと？」

「……会長とです」

海斗の言葉に、理事たちが驚きの表情を浮かべた。

「レントゲンが削除されたその瞬間、あなたは会長と一緒にいたということですね？」

「はい」

「隠ぺい工作は本当にすべてあなたの独断なんですか？」

苦悶の表情を浮かべる海斗に、郁弥は迫った。

「お答えください」

「レントゲンの削除は……」

逡巡している海斗を、皇一郎が睨みつけていた。痛いほどにその視線を感じつつも、海斗は口を開いた。

「会長の指示です」

会議室内に緊張が走る。海斗は続けて、皇一郎が病院のデータにアクセスし、自分に指示してレントゲン画像を削除させたことを話した。

「医療過誤の証拠となり得るものは削除しろ、もみ消せと。そう会長はおっしゃいました」

「……この期に及んで何を言うか」

皇一郎はわなわなと震えていた。

「理事長のおっしゃる通り隠ぺいを指示していた大元が会長、あなたであるなら、このたびの件での責任は免れられません」

郁弥が冷静な口調で言い、皇一郎を見つめた。

「……理事長は虚偽の申告をしている」

皇一郎は認めなかった。

「あくまで隠ぺいは理事長の独断であると」

郁弥は尋ねた。

「当然だ。私が隠ぺいの指示などするはずないだろう」

「あなたは今、最後のチャンスを失いました」

「最後のチャンス？」

「潔く罪を認め、自ら身を引くチャンスです。もはや皆さんの目の前ですべてを明らかにするしかないでしょう」

郁弥は憐れむように、皇一郎を見ていた。

「元より、本日この場は天堂理事長の責任のみを追及する場ではありません」

「何を言っている」

「あなたの罪を暴く場でもあるということですよ」

そう言いながら海斗は席を離れ、郁弥の隣に立った。そして、皇一郎に向き直った。

「私はこの病院を去ります。ただし一人じゃない」

海斗は皇一郎に宣告した。

「会長、あなたにも今日かぎりで会長の職を辞していただきます」

郁弥も同様に、言い渡した。

「私を糾弾するために、大友先生を解任するなどと言ってこの場に呼び寄せたのか？」

皇一郎はようやく海斗の思惑に気づいたようだ。

「終わらせましょう、すべてを」

海斗は最後通告を突きつけた。

「あなたが人生を懸けて築き上げた天堂記念病院、今日がその最後の日です」

＊

前日――。

墓参りに行った海斗は、智信の墓の前で涙が止まらなくなった。

「理事長」

高村が声をかけてきた。

「もう、これ以上は……抱えきれません」

海斗は声を震わせた。

「私でよければいつでも話を聞きます」

「朝比奈美咲さんが亡くなったのは、医療過誤が原因かもしれません。私はそれを知りながら……隠ぺいした」

誰にも言えなかった胸の内を、打ち明けた。

「どこで道を間違えたんでしょうか。大切な人を傷つけ、慕ってくれた後輩も、もう戻ってきません。責任を取り……辞任しようと思います」

「……これまでさぞ苦しかったことでしょう」

高村は、海斗を責めなかった。

「私も長年、天堂記念病院の負の歴史を見てきましたから。ただ、理事長一人がお辞めになっても、根本にある諸悪の根源を取り除かない限り、再び悲劇は繰り返されるでしょう」

高村の言葉は、真実だった。

「それは天堂家の一族である海斗くん、あなたがやらなければいけないことなのではないでしょうか」

海斗は思わず、智信の墓を見た。

「智信さんもきっと、それを望んでいると思います」

高村は静かに言った。


その後、病院に戻った海斗は郁弥を呼び出した。ノックの音と同時に郁弥が入ってきて、海斗の机の前に立った。

「話とは?」

「以前、おっしゃいましたよね。すべてを公表し理事長の座を降りろ、私に人の上に立つ資格はない、と」

「ええ」

「あなたの言うことに従っていたら、こんな結果にはならなかったんでしょうね」

海斗は心から悔やんでいた。

「……ご自分の罪をお認めになると」

「はい」

海斗は頷いた。

「責任を取ってこの病院を去ります。ただ、去るのは私だけじゃない」

そして立ち上がり、郁弥に頭を下げた。

「会長を、あの座から排除したい。最後に力を貸してください」

退職届を出した陽月は、直後に郁弥に呼ばれた。郁弥はつい今しがた理事長室で海斗と話したと伝え、やりとりを教えてくれた。

「海斗が？」

「若林先生にも謝罪して協力を仰ぎ、理事会の場ですべての罪を認めると約束した」

「……どうして急に」

海斗はついこの前まで陽月の話にまったく耳を貸さなかった。美咲はもう戻ってこないなどとひどいことを言い、最後は陽月に出ていけと怒鳴ったほどなのに、いったいどうして心変わりをしたのだろう。

「自分が本当に守るべきものは何か、考えたそうだ」

「え……」

陽月は考え込んだ。たしかに、陽月は海斗に、「真実を歪めてまで何を守ろうとしてるのか」と問いかけたが……。

＊

皇一郎は怒りに震えていた。

「天堂記念病院最後の日か。大きく出たな」

「これ以上、誰かを傷つけてまで自分の立場を守ろうとは思いません」

海斗は引く気はなかった。

「証拠はあるのか？　私が隠ぺいを指示したという確固たる証拠は？」

皇一郎は開き直っている。

「あなたの罪はそれだけではないでしょう」

「隠ぺいの背景でもう一つ、重大な出来事があったことをお忘れですか？」

海斗と郁弥が続けて問いかけたが、皇一郎に思い当たる節《ふし》はないようだ。

「この事件を追っていた『週刊文潮』の記者、木下紗耶がビルの屋上から飛び降り、亡くなりました。遺書も見つかったことから警察は自殺として処理した。だが、真実はそうではない」

海斗が言うと、郁弥がタブレットを操作した。

「木下紗耶が亡くなる直前、彼女が飛び降りたビルのエレベーターの映像です」

ビルの防犯カメラの映像で、モノクロで粗い画像ではあるが、エレベーターに乗り込む紗耶がはっきりと映っている。しばらくすると、一階に降りてきたエレベーターに別の女性が乗り込んだ。

「ここに映っているのは会長の秘書である永田さん、あなたですよね？」

郁弥は映像を停止した。たしかに、エレベーターに乗り込んでいく人物は綾乃だ。理事たちの目が、皇一郎の後ろで控えている綾乃に集まった。

「『週刊文潮』の記者に、事件現場となった屋上でいったいなんの用があったんでしょうか」

郁弥が問いかけたが、綾乃は無言だ。

「彼女が亡くなったあの日、私は会長に記事が出る可能性があるとお伝えしました」

海斗が口を開いた。

「若林先生と木下紗耶が会う時間と場所も伝えた。その後、彼女はビルから飛び降りた。あなたが木下紗耶を屋上から突き落としたのではないですか？　会長に命じられて」

「……なぜ私がその記者を殺さねばならん」

皇一郎が聞き返すと、郁弥が答える。

「動機ならご自分でおっしゃっていたじゃないですか。これが表沙汰になっては、天堂記念病院は立ち行かなくなると」

それに海斗が続ける。

「この病院はあなたが人生を懸けて築き上げたもの。どのような手段を使ってでも守りたかった。あなたが木下紗耶を自殺に見せかけて殺害するように指示したのではないんですか？」

事実だとしたら、海斗は皇一郎を許すわけにはいかない。

「殺人教唆は実行犯同様に重罪です。自首するつもりがないなら、この映像を警察に持っていって、ことの経緯を説明します。真相はすぐに明らかになるでしょう」

郁弥が言うと、海斗は「永田さん、いかがですか？」と綾乃に迫った。

「木下紗耶を殺したのは、あなたなんですよね？」

「……はい」

綾乃は観念したように頷いた。

「私が殺しました」

「それは会長の指示ですね？」

海斗からの質問には、綾乃は口を噤んだ。

「会長から、殺害を指示されたんですよね？」

「いいえ」

綾乃は首を横に振った。

「会長からは一切指示を受けておりません。すべては私の独断です」

「そんなはずないでしょう！　あなたには動機がない！」

「動機ならあります」

うつむいていた綾乃は、海斗を真っすぐに見た。

「この病院は、お慕いする会長の人生そのもの。木下紗耶を殺すことで、病院を守りたいと思ったんです。私は、会長のために、自分が手を汚すべきだと判断しただけです」

「永田、おまえという奴は」

皇一郎がうめくように声を上げた。綾乃はすっと踵を返し、会議室を出ていこうとする。

「どこへ行く」

「警察へ。至らぬ私を長年そばに置いていただけたこと、深く感謝いたします」

綾乃は皇一郎に一礼し、出ていった。

「まだ何かあるか？」

皇一郎は綾乃の背中を見送り、海斗と郁弥を見た。

「こうして今までも、誰かに罪を被せて生き延びてきたんですね」

郁弥は皇一郎を軽蔑しきっていた。

「……逆恨みもここまで来ると見事だな」

皇一郎は扉のほうへと向かった。

「おまえたちの処分は考えておこう」

言い残すと、皇一郎は出ていった。

「待て！」

郁弥がすぐに後を追った。


「まだ話は終わってない！」

郁弥は皇一郎につかみかかり、力ずくで振り向かせた。

「逆恨みという言葉がそんなにも不本意だったか？　大友薫《おおともかおる》の息子よ」

急に母の名前を出され、郁弥が顔色を変えた。廊下に出てきた海斗も、二人の様子に衝撃を受けた。続いて出てきた陽月も、驚いてその場で立ち尽くしている。

「最初からわかっていたよ。あの女の息子だということは。この病院に潜り込んで何をしようとしていたか知らんが、これ以上は迷惑だ。おまえの母親もこんなことは望んでな……」

最後まで聞かず、郁弥は皇一郎を壁に押しつけた。

「殴るのか？　それもいいだろう。ここにいる全員が証言してくれる。なんの罪もない老人に見当違いの憶測で暴力を振るったと」

皇一郎を押さえつけながら、郁弥は呼吸が荒くなり、肩を大きく上下させている。

海斗は近づいていき、二人を引き離した。

「無様なもんだ」

皇一郎は吐き捨てるように言い、去っていった。その背中を見送る郁弥の目には、激しい憎悪の炎が燃えていた。


海斗は陽月と屋上にいた。

「この病院でお母さんを亡くされてたなんて……」

陽月は先ほどの皇一郎の言葉に衝撃を受けていた。

「親父がその執刀医だった。だから大友先生は天堂家を恨み、この病院を乗っ取ろうとしていた。俺はそれを止めるために病院に戻ったんだ。なのに、最初はそれだけだったはずなのに……権力を得たことで自分を見失い……過ちを犯した」

海斗は陽月に頭を下げた。

「本当に……本当に申し訳ない。謝って許されることじゃないとわかっている。せめて真実を明らかにして、会長を追放しようと思った。だけど、それも……」

そんなことをしたって陽月を傷つけ、苦しめたことに変わりはない。そして、美咲は戻ってこない。

「俺は……」

どうしたらいいのかわからず、海斗は陽月の顔を見ることができない。

「もういいよ……もういい」

陽月は言った。

「一つだけお願いしてもいいかな？」

海斗はその穏やかな口調に驚き、顔を上げた。

「これからも美咲に会いに来てあげて」

陽月はうっすらとほほ笑んでいた。

「ずっと苦しかったよね……美咲に会うの」

陽月の言う通り、葬儀の日以来、海斗は陽月にも、美咲の遺影にも、心から向かい合えていなかった。

「喜ぶと思うから。海斗が来てくれると」

陽月に優しい言葉をかけてもらえばもらうほど、海斗は自分が犯した罪の大きさに打ちのめされた。


皇一郎は、住まいにしているホテルの部屋に戻ってきた。だが部屋には、いつも迎えてくれた綾乃はいない。

がらんとしたリビングのソファに腰を下ろすと、次第に笑いが込み上げてきた。

「ふふふ……はっはっは！」

高らかに声を上げて笑っていると、胸に痛みが走った。胸を押さえ、備え付けの電話に手を伸ばし、どうにか受話器を手にしたが、皇一郎はそのまま倒れ、意識を失った。

＊

理事長室にいる海斗のもとに、郁弥が来ていた。

「持病の狭心症による発作のようです」

郁弥は皇一郎の病状を報告した。

「おそらくは理事会での過剰な興奮状態が引き金となったのでしょう。造影検査の結果、冠動脈の一部に心筋梗塞が確認できました。至急、バイパス手術が必要です」

ホテルからの連絡で、皇一郎は天堂記念病院に搬送され、今はＶＩＰ室にいる。

「そうですか」

「私に執刀させていただけませんか？」

郁弥は申し出た。

「え……」

「お願いします」

「何をお考えですか？」

「このままではあの男を罪に問えない。あの男が生きているかぎり、これからも悲劇は繰り返される」

「まさか、会長を手術中に……」

「遺族であるあなたが拒めば病理解剖をする必要もない。あの男の死に様として、これ以上ない」

郁弥は訴えるが、海斗には疑問に思うことがあった。

「一つ、教えてください。あなたの母を手術したのは私の父でしょう。会長をそこまで強く憎むのはなぜですか？」

「真実を話せば、納得していただけますか？」

郁弥は静かに言った。


数日後、皇一郎はベッドの上で目を覚ました。

「ご気分はいかがですか」

ＶＩＰ室に入ってきた郁弥が尋ねる。

「これはなんの真似だ」

「これから冠動脈バイパス手術を受けていただきます。執刀医は私です」

「なんだと？」

皇一郎は片眉を上げ、郁弥を凝視した。

「会長の体にメスを入れるとあっては、その重圧は計り知れません。場合によっては、術中に動脈を傷つけてしまい、出血多量で命を落とす可能性もゼロではない」

郁弥は皇一郎を見下ろし、言った。

「貴様！」

「病理解剖はしない。あなたの遺体は骨となり、真相は闇に葬られる。理事長にはすべて、事前に確認を取っております」

数日前、郁弥は理事長室で海斗に執刀の許可を得ていた。郁弥の話を聞いたうえで、海斗は「わかりました。会長には消えていただきましょう」と、承認してくれた。

「……ふざけるな！　なぜおまえに殺されないといかん」

「復讐ですよ」

郁弥は冷めた口調で言った。

「私が殺意を持つには、十分すぎる理由がある。おわかりでしょう？」

「まさか……」

「ようやく、ここまで来ました」

郁弥は、智信に挨拶しに来た日のことを思い出していた。


その日、郁弥は理事長室に智信を訪ねた。

「うちの病院で働きたい？」

「はい。近く天堂記念病院で心臓血管外科プロジェクトを始動させると耳にしました。学費と生活費を援助してくださったその恩に、私が報いる番です」

郁弥が小児心臓外科で働きたいと意気込みを伝えると、智信は喜んだ。話はトントン拍子に進んで天堂記念病院で働けることになった。だがまさにその前夜、智信は倒れた。

郁弥が天堂記念病院で働く目的は一つだった。ある夜、郁弥は資料室で母、薫のカルテを探し、見つけ出した。

郁弥は入院していた智信の病室を訪ねた。智信は眠っていて、郁弥はその寝顔を無言で見つめていた。すると、智信が目を覚まして、郁弥に気づいた。

「郁弥……どうした、こんな時間に」

「……母のカルテを拝見しました。母の胃がんはステージ1。手術も胃部分切除術という極めて一般的な術式でした。カルテにあるように心不全で命を落とすことは考えにくい……医療過誤があったのでは？」

「この病院に来たのはその真相を確かめるためか」

「もう一つ、医療過誤とは別で腑に落ちない点があります」

郁弥はさらに智信に疑問をぶつけた。

「カルテにはすべて執刀医の欄にあなたの名前が記載されている。しかし手術同意書にだけは、天堂皇一郎の名前がありました。母の執刀医は本当にあなただったんですか。医療過誤の時効は最大でも二十年です。今さらこの問題を公にしたいわけではありません。ただ私は、真実を知りたいんです」

智信は、しばらく考えていた。だが智信は誠実な人間だ。すぐに覚悟の表情になり、口を開いた。

「すべて、おまえの考えている通りだ。おまえの母親を手術したのは……天堂皇一郎だ」

やはり、そうだった。智信が皇一郎の〝罪〟を被り、そして長い間、償いとして郁弥を援助し続けてくれたのだ。

「決して難しい手術ではなかった。だからこそ、油断があったんだろう。胃の摘出時に動脈を傷つけた。懸命に処置を施したが……」

間に合わず、薫はそのまま帰らぬ人となった。

「……隠ぺいも会長の指示ですね？」

郁弥が尋ねると、智信は苦渋の表情で頷いた。手術室で薫が命を落としたその瞬間に皇一郎は智信を見た。その目がすべてを語っていたということだった。

「カルテをすべて改ざんしたうえで、執刀医もあなただったことにした」

「その通りだ」

「なぜあなたはそんな指示に従ったんですか」

「息子が生まれたばかりだった。怖かったんだ……立場を失い、家族を守れなくなることが」

智信は天堂家の婿だった。義理の姉である市子《いちこ》からはずっと敵対心を抱かれていたし、天堂一族の中での立場は弱かった。

「だが、後悔しない日はない。だから……おまえからプロジェクトを一緒にやりたいと言われたときは、これで少しでも罪が償えると、安堵した」

智信は言い、ベッドの上で郁弥に詫びた。

「すまない。本当に、すまなかった……」


郁弥はそのときの智信とのやりとりを、皇一郎にすべて話した。

「あの瞬間、自分が為すべきことが明確になりました。私はこの病院で理事長の座を目指しました。すべてはあなたの懐に入り込み、復讐するために」

郁弥は射抜くようなまなざしで、皇一郎を見た。

「すべてが計画通りにはいきませんでした。しかし、思いがけずチャンスが巡ってきました」

そして麻酔の注射針の準備をし、シリンジに麻酔の針を近づけていく。

「待て！　やめろ！」

皇一郎が怯えた声を上げる。

「仕方なかったんだ。病院を守るために、ああするしかなかった」

「認めるんですね」

「ああ」

皇一郎はがっくりとうなだれた。

「では、朝比奈美咲のことも……」

「医療過誤が世間に知られれば病院に傷がつく。それを恐れて、私が海斗に隠ぺいを指示した」

「『週刊文潮』の記者の件は？」

郁弥はさらに針を近づけていく。

「すべておまえたちが言った通りだ。私が……永田に殺せと命じた。これでよいだろ。早まるな」

「醜いですね。権力の座からいつまでも退かず、保身のためにジタバタと足掻《あが》く老人の姿は」

郁弥は皇一郎の腕に針を刺した。

「ああ！」

皇一郎は悲鳴のような声を上げた。

「貴様、こんな……、許さんぞ、絶対に……」

なおも言葉を発しようとするが、皇一郎の意識は遠のいていった。

皇一郎はストレッチャーで手術室に運ばれた。

「これより冠動脈バイパス手術を始める」

「はい」

助手たちは郁弥の次の言葉を待った。だが皇一郎を見下ろしていた郁弥の胸にさまざまな思いが去来し、すぐには言葉が出なかった。

「先生？」

「……メス」

郁弥は助手からメスを受け取った。そしてメスを、皇一郎の胸部に近づけていった。

＊

「手術は無事成功しました。もう心配いりませんよ」

郁弥は、目を覚ました皇一郎に声をかけた。

「……なぜ生かした」

皇一郎は、VIP室で点滴に繋がれている自分の状況を理解し、郁弥に尋ねた。

「理事長の判断です」

「そうか」

皇一郎は愉快そうに笑った。

「そうだろう。おまえらごときに人を殺す業《ごう》は背負えん」

郁弥は無言でベッドテーブルに雑誌を置いた。『週刊文潮』だ。表紙には『繰り返される医療過誤と隠ぺい　天堂記念病院会長・天堂皇一郎の闇に迫る』という見出しが躍っている。

「なんだこれは」

皇一郎は『週刊文潮』を開いた。

「木下紗耶の書きかけの原稿が見つかったんです。彼女の遺志を継いで、天堂海斗が記事を完成させました」

記事では天堂記念病院の医療過誤を会長の指示で隠ぺいしたことが、事細かに書かれていた。さらに、このスクープを追っていた記者の不可解な死にも皇一郎が関わってい

た と言及されていた。

「貴様ら……なんの証拠もなくこんな記事を……」

歯をギリギリと噛みしめている皇一郎の前で、郁弥は白衣のポケットからボイスレコーダーを取り出し、再生した。

『医療過誤が世間に知られれば病院に傷がつく。それを恐れて、私が海斗に隠ぺいを指示した』

皇一郎の声が流れた。

「……これでは証拠になりませんか？」

手術前、郁弥は麻酔を用意するタイミングで、こっそりとボイスレコーダーの録音ボタンを押したのだ。

『すべておまえたちが言った通りだ。私が……永田に殺せと命じた。これでよいだろ。早まるな』

室内に、さらに音声が流れた。

「あなたの証言通りに記事にしたまでです」

郁弥はリモコンを手にして「そろそろ始まる頃ですね」と、テレビをつけた。画面には天堂記念病院から生中継とテロップが出ている。映っているのはこの病院の会見場だ。

やがて、海斗が登壇した。

「何をするつもりだ」

皇一郎は目を白黒させて、郁弥を怒鳴った。

「死ぬんですよ、あなたは」

郁弥は一言一言、感情を込めて言った。

「生きながらにして」


海斗は一礼し、向けられたマイクを前に話し始めた。会場の隅では、高村が見守っていた。

「このたびは弊院における医療過誤およびその隠ぺいについて、皆様に多大なるご心配、ご迷惑をおかけしておりますこと、深くお詫びいたします。週刊誌に書かれていること、これは、すべて事実です。そして、そのすべての責任は私、天堂海斗と会長である天堂皇一郎にあります」

海斗が言い切ると、眩しいほどにフラッシュが焚かれた。

皇一郎の手術前――。

郁弥は皇一郎の命を奪う計画を練り、海斗に許可を得ようと持ちかけた。

「会長には消えていただきましょう」

海斗は同意した。そして、つけ加えた。「ただし、社会的にです」

「社会的に？」

郁弥は眉根を寄せた。

「あの人が言ってたんですよ。保身こそが人間の最も強い欲だ、と。だったら、彼が人生を懸けて築き上げてきた社会的地位を、保身の源となるものすべてを奪い去る」

海斗は、皇一郎に生きながらにして苦痛を与える道を選んだということだ。

「それこそがきっとあの人にとって、最も屈辱的であり、死ぬより辛いことでしょう」

海斗の提案に、郁弥も同意した。だからこそ、皇一郎の手術を成功させた。


テレビからは会見が流れていた。

『私は本日をもちまして理事長を辞任いたします。また会長につきましても、臨時役員総会を開き、役員解任決議を諮《はか》りました。定款の規定通り、過半数を上回ったため、天堂皇一郎の会長職の解任も決定いたしました』

海斗は会見で宣言した。

「ふざけるな、そんな話は聞いておらん。そんな、勝手が通るわけないだろう！」

皇一郎はＶＩＰ室のベッドで、テレビ画面の海斗をなじった。

『今年度をもちまして天堂記念病院は解散いたします。誠に申し訳ございませんでした』

頭を深く下げる海斗に、大量のフラッシュが焚かれた。

「ふざけるな、ふざけるな、ふざけるな！」

皇一郎はどこにそんな力があったのか、立ち上がり、テレビを床に落とした。

「まもなく警察が事情聴取に来ます。話したいことがあれば、そちらにどうぞ」

郁弥は落ち着き払った口調で言った。皇一郎の興奮は収まらず、荒い息をしている。

「終わったんです、あなたは」

宣告された皇一郎は、呆《ほう》けたように立っていた。

「……ふふ」

だが、その口から乾いた笑いが漏れた。

「ふふふ、ははは！　はははは！」

笑い声はだんだん大きくなっていき、部屋中に響き渡った。郁弥は無言で部屋を出た。

廊下を歩いていくと、私服の刑事たちとすれ違った。彼らがＶＩＰ室に入っていっても、皇一郎は笑い続けていた。

＊

会見後、海斗は陽月と屋上で落ち合った。

「会見、お疲れさま」

陽月はナースステーションのテレビで会見を見ていたという。

「後悔してる？」

「いや、これでよかった。終わらせなきゃいけなかったんだ」

海斗はすがすがしい気持ちだった。

「これからどうするの？」

「この病院を継承してくれるところを探さないと。患者やスタッフたちのためにね。その後のことはまだわからないな。少しでも償いたいんだ。俺が犯した過ちは消えないけど……それでも前に進むしかない。やれることを見つけて一歩ずつ、うつむいたままでも……」

「うん、海斗らしい」

陽月は右手を差し出した。

「お互い、頑張ろうね」

「ああ」

海斗も右手を差し出し、二人は握手を交わした。


理事長室に戻った海斗は部屋を整理し、荷物をまとめた。

なぜこの椅子にあれほどまでに固執したのだろう。抗えない魔力のようなものがあるのだろうか。

理事長の椅子を見つめていると、扉が開き、郁弥が入ってきた。

「覚えていますか？　子どもの頃、智信さんにこの部屋に連れてこられた」

「えっ？」

海斗には記憶がなかった。

「私が理事長の座を目指したのは、会長に近づくためだけではありません。うらやましかったんです。あの椅子に座れるあなたが」

「……私には、あの椅子に座る器がなかった……だから、欲にとりつかれ、自分を見失ってしまった」

この椅子に人生を狂わされた者は、海斗だけではない。智信も、市子もそうだ。そして皇一郎も……。

「あなたに器がないのだとしたら、私には到底無理な話でした」

郁弥は言った。

「これからどうされるんですか？」

「ある病院から誘いがありまして。小児心臓外科の専門医を探していると。今回のことで、医師としての未熟さを痛感しました。美咲ちゃんを救えず、陽月を苦しませてしまった。もう一度、やり直したいんです」

郁弥は郁弥なりに、美咲のことで苦しんでいた。

「先日ご相談した病院継承先の候補について、こちらを」

郁弥は海斗に資料を渡した。

「そこなら透明性の高い経営体制で信頼もおけるかと。ご検討ください」

「ありがとうございます」

海斗は郁弥を一人残し、資料と荷物を手に理事長室を出た。

外に出たところで一度振り返り『天堂記念病院』の看板を見つめたが、再び踵を返して歩きだした。

＊

半年後――。

都内のあるビルからスーツ姿の男が出てきた。

「不倫疑惑の件について、詳しくお話聞かせてもらえませんか！」

週刊誌の記者に復帰した海斗は、男に迫っていった。

「また君か、しつこいんだよ！　いい加減にしてくれ！」

男は待たせていた車に乗り込み、去っていった。


陽月は新しく働きだした病院の廊下で、入院患者の子どもたちに囲まれていた。

と、病室のテレビのニュース番組で、天堂記念病院についての報道が流れているのが聞こえてきた。


海斗は冴えない顔つきで中華料理店の扉を開けた。

「どうだった？」

テーブル席でラーメンを食べていた薮田が顔を上げた。

「ダメです、証拠突きつけても口割ってくれませんね」

「もっとガッツいけよ。ここに戻ってくる度胸あるなら怖いもんねーだろ」

と、薮田は店のテレビに視線を移した。天堂記念病院の新体制が報じられている。

「しかしもったいねぇよな。無償で譲渡しちまうなんてよ」

薮田がしみじみ言った。

「権力欲とは無縁の信頼できる方を紹介してもらえたんです。きっと病院の資産をよいほうに役立ててくれますよ」

『新理事長には……』

キャスターの声がすると、海斗はテレビ画面に釘付けになった。

郁弥は旧天堂記念病院の理事長室にいた。

理事長の椅子の座り心地に満足し、郁弥は口角を上げてほほ笑んだ。

海斗は呆然とテレビ画面を見上げていた。

やがて海斗の瞳の奥に、強い憎悪が浮かんできた。

CAST

天堂海斗…………………… 赤楚衛二

大友郁弥…………………… 錦戸 亮
朝比奈陽月………………… 芳根京子

木下紗耶…………………… 見上 愛
鮎川賢二…………………… 梶原 善
小笠原哲也………………… 古舘寛治
天堂佑馬…………………… 青木 柚
朝比奈美咲………………… 白山乃愛
高村 実 …………………… 利重 剛
三輪光成…………………… 小木茂光

／

天堂智信…………………… 光石 研
天堂市子…………………… 余 貴美子
天堂皇一郎………………… 笹野高史

他

■ TV STAFF

脚本：伊東 忍

主題歌：Stray Kids『WHY?』（Sony Music Labels Inc.）

音楽：堤 裕介

企画：藤野良太

プロデュース：足立遼太朗

演出：金井 紘　柳沢凌介

制作協力：storyboard

制作著作：フジテレビジョン

■ BOOK STAFF

ノベライズ：白戸ふみか

ブックデザイン：村岡明菜（扶桑社）

校閲：小出美由規

DTP：明昌堂

Re：リベンジ —欲望の果てに— （下）

発行日　2024年6月24日　初版第1刷発行

脚　　本　伊東 忍
ノベライズ　白戸ふみか

発 行 者　秋尾弘史
発 行 所　株式会社 扶桑社
〒105-8070 東京都港区海岸1-2-20 汐留ビルディング
電話　03-5843-8842（編集）
03-5843-8143（メールセンター）
www.fusosha.co.jp

企画協力　株式会社フジテレビジョン

印刷・製本　中央精版印刷株式会社

ISBN 978-4-594-09778-3